果然我的青春戀愛喜劇搞錯了。⑭.5

My youth romantic comedy is wrong as I expected.

渡 航【Wataru WATARI】
繪者／ponkan⑧

日本小學館正式授權繁體中文版

14.5

fourteen and a half

渡航

【Wataru WATARI】

繪者／ponkan⑧

Contents

Yui
Komachi
Yukino
My youth romantic comedy is wrong as I expected.

おたんじょうび
おめでとう!
いろはちゃん
一色伊呂波
iroha isshiki

果然我的青春戀愛喜劇搞錯了

My youth romantic comedy is wrong as I expected.

登場人物【character】

fourteen and a half

比企谷八幡……本書主角。春天升上了高中三年級，性格相當彆扭。

雪之下雪乃……侍奉社社員，完美主義者。

由比濱結衣……侍奉社社員，總是看人臉色過日子。

戶塚彩加……隸屬網球社，非常可愛的男孩子。

川崎沙希……八幡的同班同學，有點像不良少女。

葉山隼人……八幡的同班同學，非常受歡迎，隸屬足球社。

三浦優美子……八幡的同班同學，地位居於女生中的頂點。

海老名姬菜……八幡的同班同學，隸屬三浦集團，是個腐女。

一色伊呂波……足球社的經理兼學生會長。春天升上了高中二年級。

雪之下陽乃……雪乃的姊姊，大學生。

比企谷小町……八幡的妹妹，春天開始進入八幡念的高中就讀。

design:numata rina

1 無論何時，比企谷小町都想要一個嫂子。

正月乃通往他界的一個里程碑，記得這句話出自一休宗純之口。至理名言。真是句至理名言。光是一休這個名字就稱得上至理名言。休息太棒了。如此美妙的名字，後醍醐樂團大概會高歌一首〈Beautiful Name〉。（註1）

不僅限於新年，無論是生日還畢業，這種會有人跟你說「恭喜你！」的特殊事件，大多會伴隨歲月的流逝，實際上並不怎麼值得慶祝。

到頭來，世上所有的祝賀，通通會讓人感覺到終點。每多一歲就象徵著壽命少

註1　日本搖滾樂團。〈Beautiful Name〉為其創作歌曲。

了一年，慶祝畢業可以說是某種意義上的放逐。現在可是連偶像團體解散都會用畢業來稱呼，以漂亮的包裝來掩飾的時代。想到這裡就覺得根本沒什麼好慶祝的，快樂又幸運的大概只有我的腦袋。哇——！我真幸運——！（註2）今年也平平凡凡地度過吧！

就是這樣，今年的新年我也要跟一休宗純一樣，不慌不忙，休息一天……本來打起了幹勁，決定要睡掉新年，Body內的Japanese Blood卻會忍不住擅自為New Year的Ceremony慶祝。討厭，我真是正統的日本人……會拼英文單字卻完全不會講英文，這一點超日本人的。

結果我被小町抓去新年參拜了。

我們在淺間神社跟雪之下和由比濱會合，把新年會做的事都做過一遍，例如求籤之類的，途中還偶遇三浦集團，所以由比濱跑去跟他們共同行動，小町說她忘記買護身符，掉頭回去……

剩下來的我和雪之下，選擇直接踏上歸途。

明明只有幾站，花不了多少時間，距離也沒多長，每一瞬間卻異常鮮明地留存於記憶之中。突然輕輕拉扯我袖口的力道，以及道別時在不高不低的位置朝我揮動

註2《偶像活動on Parade！》的主角姬石來希的口頭禪。

的小手，都無法輕易忘懷。

就這樣，我的新年終於劃下句點。

沒有被參拜客的人流沖走逐漸改變，也不會偶爾在遠方被你責備（註3），今年的我平安度過一個有新年氣息的新年，回到空無一人的家中。

爸媽大概是一起出門了。等待小町回家的期間，我待在暖桌裡，抱著貓打盹。

就是這個……這才是正確的過年法……

沒必要新年第一天就撞見女生，害我靜不下心。至少在過年期間得讓心臟先生休息一下嘛！不休息會死掉啦……

× × ×

冰冷的叩咚聲，令我醒了過來。

看來我在窩在暖桌裡耍廢的期間睡著了。我一口氣坐起身，小町坐在我斜前方，悶悶不樂地看著我，將桌上的其中一個馬克杯往我這邊推過來。我感激地接過。

「……噢，謝啦……妳回來了，怎麼這麼快？」

註3　日本歌手荒井由實的歌曲〈畢業照〉的歌詞。

「那是小町要問的吧……」

小町露出空洞的微笑，邊喝咖啡邊靠到暖桌上，開口詢問：

「……所以哥哥，怎麼樣？」

「沒什麼。很普通。」

我不知道她在問什麼，便隨口回答，小町聽了瘋狂擺手。

「什麼叫普通。又不是叛逆期的國中生。」

「喔、喔……這句批評真不像叛逆期的國中生會說的……」

在我心想「小町身為我妹怎麼莫名豁達，不如說老成啊」之時，她探出上半身，講出親戚阿姨會說的那種話。

「你不是跟雪乃姊姊一起回家嗎？沒發生什麼事？」

「只不過是一起回家就發生什麼事，反而很危險吧……不然學校現在為什麼都叫小學生一起放學？妳缺乏危機意識喔。」

「哇，出現了。不用跟小町訓話啦。」

小町嘆了口氣，一副發自內心不耐煩的態度，將視線從我身上移到電視在播的新年節目上。

每年大同小異的新年特別節目，播放著在元旦結婚的情侶、在元旦出生的嬰兒等符合新年氣息的歡樂畫面。

「本來想趁去年處理的……看來今年也沒希望了……」

「什麼？大掃除嗎？」

「對，要把垃圾哥哥處理掉。」

「現在這個時代注重環保，要回收再利用，不能隨便丟掉喔。」

我隨口開玩笑回去，「你竟敢……」小町跟某位環保少女一樣說出可怕的碎碎念。討厭，講那麼可怕的話……難道妳學壞了？（註4）

我戰戰兢兢看著小町，她不知道在獨自煩惱什麼。

「啊……不過哥哥是個垃圾，就算小町想辦法幫哥哥踏進結婚殿堂，哥哥也會立刻出錯，害人家跑回娘家，這樣反而更費事……」

比起自己竟然先為哥哥的婚姻著想，小町的兄控程度沒救了。或者說會讓妹妹為自己的婚姻操心，我身為哥哥的威嚴沒救了。我看我們這對沒救的兄妹乾脆結婚，會是最幸福美滿的結局，不過從我國的法律來看，這個選擇搞不好是最沒救的，只得放棄。可惡！該死的法治國家！

註4　指瑞典環保少女格蕾塔的名言「How dare you」。「學壞了（Gureta）」日文與格蕾塔同音。

我燃起單人革命的鬥志，小町好像也燃燒了起來。

「就小町來看，不是沒有未來的嫂子候選人……」

「可以不要這樣嗎？千萬不要未經本人允許，就把人家列入那麼私人的名單喔？」

「小町認為最有希望的嫂子候選人……果然是雪乃姊姊吧。」

她完全沒在聽。繼續陪她聊這種亂七八糟的話題，難得的新年都糟蹋掉了。我面向電視，以中斷對話。

小町卻從旁邊戳我側腹，聽見她抱怨「哥哥，你有聽見嗎？小町在跟你談很嚴肅的話題」，哥哥的本能便發揮效用，自動切換成聽她說話的模式。

「如果雪乃姊姊是小町的嫂子，哥哥就能當家庭主夫了。考慮到生涯總收入。」

「不要這麼輕易地用生涯總收入宣告我人生註定失敗。再對哥哥光明燦爛的未來抱持一點希望吧。」

「很燦爛呀？可是太燦爛了，什麼都看不見，根本是太陽拳（註5），和什麼都沒有一樣。」

我好像不知不覺借了天津飯的招式來用。

註5《七龍珠》的角色天津飯的招式，能發出強光使人暫時失明。

是嗎……什麼都看不見啊……我偷偷垂下肩膀，小町則高高舉起拳頭，和我形成對比。

「而且雪乃姊姊應該會願意連小町一起養，這樣小町可以代替哥哥做家事！太好了，哥哥！終於可以過你夢寐以求的尼特族生活！」

「那我還有存在的意義嗎……妳們兩個結婚不就得了……這樣也滿有搞頭的，哥哥會乖乖待在老家……」

小町聞言露出溫柔的微笑，接著用柔和的語氣說道：

「沒關係啦，哥哥。只要有哥哥在就好……」

這句滿溢慈愛之情的臺詞是怎樣！

我完全被當成寵物對待，一點都不高興……看來我最好從明天開始跟小雪一起吃貓罐頭，習慣一下寵物生活。

面對未來的肉泥末日爭奪戰，我和小雪互相瞪視，小町把小雪抱了起來。

她摸著在大腿上呼嚕的小雪，拋出一句恐怖發言。

「要說的話，陽乃姊姊的條件也滿符合的。」

「喂，好可怕。能想像那個人變成嫂子的妳好可怕。」

連愛作白日夢的我都絕對不會去想像那種事發生喔？這傢伙太不要命了吧……

妳是不是有九十九個綠蘑菇？（註6）

小町喝著咖啡，依然在任想像馳騁。

「也有沙希姊姊是嫂子的可能性。」

「不可能，一樣不可能。」

「可是，沙希姊姊的妹妹一定也會跟著來。聽說她非常可愛。」

小町得意地笑了，將川崎家牌組中最強的卡牌之一——京華覆蓋在檯面上，結束這回合（註7）。我不知道京華和小町有沒有見過面，但無論是川什麼的同學還是大志，應該都會想跟人分享她的可愛之處。京華就是如此惹人憐愛。

「…………讓我考慮一下好險——！這樣大志也會跟來吧。誰要啊不需要，不可能無法接受。」

然而，像我這種等級的最強決鬥者，對陷阱卡的存在也很敏銳，在千鈞一髮之際成功閃避。我個人跟川什麼的同學沒仇，而是身為哥哥，不能讓大志接近小町。

不過，小町大概是看出京華的存在動搖了我的決心，抱著胳膊打出下一張牌。

「原來如此……哥哥跟比自己小的女生挺合得來的……啊，那留美子怎麼樣？」

註6　遊戲《超級瑪利歐》系列中的道具，一個綠蘑菇可以加一條命。

註7　惡搞自《遊戲王》。

「留留是我的偶像……比起那種對象，我更想跟她一起從事熱血的偶像活動……純粹想為她聲援。」

「嗯——哥哥超級正經，好噁心……這句話聽起來是認真的，小町真心感到恐懼……」

我誠心誠意，懷著一片真心誠懇地說明，卻嚇到小町。過沒多久，她似乎放棄了，深深嘆息。

「年紀小的也不行啊……那換個路線……平塚老師如何？」

這句話說出口的瞬間，我感覺到我們之間的空氣急速降溫。

跟之前開玩笑般的對話截然不同，我不得不聯想到現實方面的責任。不如說，有種不能隨便拿它開玩笑的「壓力」。

小町似乎也深刻感受到了。她面露憂傷，默默低下頭。

「對不起。小町好像提到了不該討論的話題……」

「嗯。當沒這件事吧。總有一天，平塚老師一定會得到幸福。我猜啦。」

我看著遠方祈禱。快……！快找個人娶她！盡快！否則一不小心可能會由我娶走她！

這段期間，安靜的客廳只聽得見空虛的電視聲。

我們喝了口咖啡，同時嘆氣。

看電視看到一半，小町忽然開口。

「哎，小町只要哥哥幸福就好。啊，剛才那句話小町覺得分數挺高的。」

看見她的微笑，我微微收起下巴，做出無聲的回應。

2 即使如此，比企谷小町仍然不放棄擁有一個嫂子。

季節仍然正值寒冬。

剛換新的年曆才終於翻過一頁而已。

新年參拜隔天，我履行了跟由比濱的約定，和她一起去買雪之下的生日禮物，買完禮物後一個人趕回家。

從口中吐出的氣息看起來比平常更白，或許是因為我的呼吸又深又沉。

我在寒冷的室外緩緩吐氣，動作跟急促的步伐成反比。

明明只是一口氣，卻讓人看成長長的一縷白煙，搖盪了一瞬間，隨風消逝。

這一刻，白煙被西斜的夕陽抹成紅色，接著又染上閃爍的霓虹燈的藍色，不久後融入黑暗，彷彿今天一整天的嘆息都濃縮在其中。

例如與由比濱共度的購物時間、無關緊要的對話、忽然拉近的距離，都跟夕陽的顏色很像。這樣的話，撞見陽乃和葉山時異常的緊張感，可以譬喻成遲遲不日落的藍色天空。之後雪之下和她的母親出現時，感覺到的是夜晚的黑暗。

我仰望天空，像要在夜幕低垂的遙遠彼方尋找一道光。

視線前方存在著什麼東西，我不知道，但我並未因此駐足，而是朝向我該去的地方、該回去的地方、該得出的答案，一點一滴地邁進。

我，我們就是像這樣走過這一年，迎接新的一年。

思及此就覺得，雖然新年才沒過幾天，以我來說表現得真不錯。

畢竟一起和由比濱買了東西，禮物也順利交給雪之下。任務可以說圓滿達成。太圓滿都能拿到石頭了。因為我做得完美過頭，冒出一個學妹跟我說「成功了，學長」都不奇怪。那樣的學妹真不錯……（註8）

我的學妹可是那種會滿不在乎地講出「那來用那些石頭抽卡吧。現在的話！只要抽到出貨為止就確定能抽到五星喔！」這種話的類型……

註8　惡搞自手機遊戲《Fate/Grand Order》，通關時可以拿到聖晶石。

× × ×

新年的家族團聚時間結束後，晚上的客廳只剩我、小町和小雪。

我坐在暖桌裡品嘗小町泡的咖啡，準備抽手遊的福袋時，摸著小雪的小町清了下嗓子。

「……所以哥哥，怎麼樣？」

我知道小町想問什麼。今天買東西的時候她也有一起去，途中才離開。恐怕她是基於不必要的顧慮，才中途落跑……

也就是說，她應該是要問之後發生了什麼事。跟昨天新年參拜的歸途是同樣的模式。

既然如此，我的答案也不會改變。此乃不言自明的道理。

「沒什麼。很普通。」

「唉～～～～～～」

小町聽了，嘆了超大一口氣。

「哥哥，聽好囉？結衣姊姊在小町的嫂子候選名單中，屬於頂級的嫂子喔!?姊力那麼高的人，現在很少見了。」

「呃，就叫妳別這樣了。給我刪掉那個徹底無視當事人意願的嫂子候選名單。立刻刪掉。學學賞櫻大會的賓客名單好嗎？」（註9）

我藉由諷刺社會積極表示自己有在關心政治，大家好，本人有意競選下任千葉縣知事。本人想讓千葉成為更棒的城市……

可是，小町好像還對政治不怎麼關心，聽都不聽我的縣知事競選宣言，自顧自地講下去。

「如果結衣姊姊是小町的嫂子，小町覺得她對哥哥而言也會是個好老婆。」

「這妳就錯了。不管跟誰結婚，由比濱都會是好老婆。沒必要把對象限定在我身上。因此，在目前設定的條件下提出的議題沒有討論價值。好，妳輸了。」

我馬上舉手表示「我反對！」得意洋洋地宣言，小町露出非常有感情的嫌惡臉。

「哇，好煩……哥哥就是這種地方要改喔？」

她語氣那麼嚴肅，我也只能低頭乖乖回答「是……」。小町滿意地看著我反省的模樣，打起幹勁，繼續剛才的話題。

「嗯——接下來是小町第二想簽的選手……」

註9　日本的總理大臣負責舉辦的活動。二〇一九年，當時的官房長官菅義偉在在野黨議員要求提供賓客名單時，表示紙本資料已經廢棄，電子檔也遭到刪除，且無法復原。

「咦咦……那個職棒選秀會還要繼續開啊？」

我的無言程度超過了五成，小町反而挺起胸膛。

「當然！小町還有很多張手牌！」

「那個，可以不要懷著決鬥的心情討論我的婚姻嗎？把哥哥送入墓地也無法召喚嫂子。老婆要犧牲超多祭品才能召喚，甚至還有可能馬上離婚喔。」

我將「離婚」、「分財產」、「贍養費」三張卡牌覆蓋在檯面上，結束這回合。之後只要發動陷阱卡「性格合不來」，離婚回娘家的連續技就完成了。

小町卻無視那個連續技，做出放下空氣盒子的手勢，接著說：

「嗯，先別討論這個……啊，那來個出人意料的選擇，三浦姊姊如何？」

「太出人意料了吧……不可能。真的不行。不可能。三浦對吧？怎麼可能。真的不行。小町，就算是玩笑也該考慮得更認真一點。好歹跟哥哥的未來有關。」

「呃，哥哥未免太排斥了吧……反而變得像超喜歡三浦姊姊的人……」

好吧，我算挺喜歡她的啦……畢竟她人很好……如果我開玩笑地這麼說，小町會上鉤，所以我咳了幾聲。

「先不說我喜不喜歡她，她超討厭我的。」

「嗯，大部分的人都討厭哥哥，這就別管了……」

「講這什麼話？算了，我也有自覺。」

小町輕描淡寫地說出不容忽視的話，做出放下空氣盒子的手勢。再這樣放下去，空氣盒子會愈堆愈高。

「小町倒覺得三浦姊姊會是個好媽媽——」

「嗯，對啊。然後小孩後頸的頭髮會留很長。小五左右就擅自去染頭髮，跟校方起爭執。」

「啊……婚前常去唐吉軻德，婚後換成去永旺的感覺……」

「不，這比較接近川崎。三浦要更時髦一點，平常都去名牌的過季銷售店，一年去一次伊勢丹。」

「小町不懂其中的差異……那換下一個吧。」

她嘆了口氣，草草結束這個話題，喝著咖啡，靈機一動。

「啊，海老名姊姊呢？」

意外的人選害我不小心考慮起來。

「啊……我們對對方都沒興趣。如果不交流，不干涉彼此的生活，說不定有可能。以不經營家庭為前提，社會生活上的利益相符的話，我認為這個契約是可行的。」

小町聽了皺起眉頭。

「這形容太像新時代的夫妻了……順便問一下，哥哥說的利益是？」

「婚後好像比較容易貸到款。還有以報扶養為代表的節稅法。世人很愛酸單身的人，這樣可以順便用來擋別人的冷言冷語。」

我秀出聽來的知識，目瞪口呆的小町表情越來越悲傷，最後轉為看待可憐人的眼神。

「……哥哥的婚姻觀會不會太扭曲了？」

「只是舉個例子啦……『也可以從這種進步的角度思考』的意思。」

別看我這樣，我可是以未來的千葉縣知事為目標的男人。以往的夫妻相處模式自不用說，對於創新的生活態度也必須去理解。

我說出剛才沒機會發表的知事競選宣言的一部分，小町「唔」了一聲，陷入沉思。接著像想通什麼般點點頭。

「原來如此……最壞的情況，就算哥哥的結婚對象是葉山哥哥，小町也能體諒。」

「不可能，絕對。葉山絕對不可能。先不說性別，問題在於那傢伙的個性。」

我一秒回答。不過，我並沒有忘記展現自己寬大的胸襟。為了避免被最強寶具政治正確棒痛毆，我只是用我跟葉山合不來這個原因表示否定。

小町似乎也明白了，提名下一位候選人。

「啊，那那那，戶……」

「喜歡。」

我一秒回答。沒什麼好解釋的。別說千葉縣知事，我甚至想直接跑去干預國政，修改法規。不過，可能是因為我太激動，小町嚇到了。

「好快，回答得太快了啦哥哥。小町還沒講完……小町想問的是戶部哥哥的說……」

「啊，是喔……是說戶部是誰啊？」

小町再度深深嘆息。緩緩吐出的氣息，在溫暖的室內並未染上白色，看起來卻還是有好幾種顏色。

不久後，小町臉上浮現帶著些許無奈的笑容。

「好吧，只要哥哥幸福，小町怎樣都好。」

「那得先讓小町幸福才行。因為那就是我的幸福。剛才那句話八幡覺得分數挺高的。」

我搶走妹妹的招牌臺詞，小町瞪大眼睛。但那也只有一瞬間。她立刻面露微笑，一副拿我沒轍的樣子。

「看來有得等囉……」

她感慨地說，拿著馬克杯從暖桌裡站起來，走向廚房。

我看著她的背影，內心百感交集。

雖然講這種話對小町未來的嫂嫂不太好意思，請再讓我獨占只屬於我的妹妹一陣子。

× × ×

在廚房燒開水的期間，小町盯著待在暖桌裡被小雪玩弄的哥哥。

講了那麼多，其實小町並沒有擔心到那個地步。十五年來一直在這麼近的地方看著他，會發現即使是這麼那個的廢人，也能找到不少優點，搞不好會有奇特的人察覺到。

願意從前面拉著哥哥的人，願意從後面推著哥哥的人，或是其他的相處模式。

儘管不知道會以什麼樣的形式，小町有種預感，一定有願意跟哥哥攜手共進的人。

小町會持續尋找嫂子（暫定），直到那一天到來。

3 於是，祭典結束，新的祭典揭開序幕。

Festival。

聽見這個詞，大家會想到什麼呢？

根據一般的說明，Festival 即所謂的 Rock Festival，愛開趴的嗨咖聚集在一起，搞不好不只玩通宵，而是連續狂歡好幾天的音樂祭典。

拿著酒配合音樂的節奏搖頭晃腦、互相推擠、跳進人群，勾肩搭背、玩騎馬打仗的遊戲，或是跟《草食男之桃花期》這部電影裡面的森山未來一樣，坐在神轎上讓人給他抬轎，就算是互不相識的人，也能靠音樂連結在一起，盡情玩樂，共享絕對無法忘懷的體驗……那就是人們對祭典的印象吧。

我個人也差不多。我承認我抱持某種程度的偏見，而這個印象偏頗到不行。

然而，我對祭典的印象也不全是壞的。

眾人以音樂為契機團結一致，炒熱氣氛，反而是正確的享受方式，也可以說是音樂節的存在意義的一部分。

總而言之，Festival 是祭典。慶祝某件事的場合。

曾經有人說過。

千葉的名勝是祭典和舞蹈。跳舞的傻瓜和看人跳舞的傻瓜，既然都是大傻瓜，不跳舞就 Sing a song。

至理名言。真是句至理名言。講得太好了，害我忍不住唱起城門城門額頭高☆。

因此，我並不否定那種享受祭典的方式。

綜觀古今歷史，祭典基本上可以不講禮數，也是展現包容度的場合。先不說古代，聽說中世紀以後，在祭神儀式結束後的宴會上，所有人都會喝到吐為止，不論身分高低……等一下？哪來的包容度？這種行為發生在現代叫做酒精騷擾，直接觸法喔。

由此可知，現代的祭典應該要有新尺度的包容度。

也就是要包容「享受祭典的方式因人而異」。

有人喜歡一大群人聚在一起狂歡，也有人喜歡獨自沉浸在音樂中。所以，一個人在祭典會場靜靜感受於心中沸騰的激情，這種享受方式也應該要得到肯定。

當然，不只有祭典要肯定各式各樣因人而異的享受方式，在絕大部分的娛樂活動——電影、音樂、動畫、小說、漫畫、舞臺劇、音樂劇、夢夢貓（註10）等等，都可以套用同樣的道理。

然而在這之中，祭典可以說是特別值得受到肯定的存在。

娛樂活動不分貴賤，以種類來區分優劣，乃極度愚蠢的行為，可是若硬要將祭典區分出來，我必須說那稍縱即逝的唯一性，和其他娛樂活動有著明顯的差異。

無論是電影還是動畫，可能會錄成光碟的作品，某種意義上來說都可以重新體驗。想重看的話，同樣的畫面可以無限重播，是巨大的優點，卻無法連最初的感受及初期衝動都跟著重現。

祭典、演唱會當然同樣可以錄成光碟，我也不得不全面贊同「那些錄起來的表演重看時可以享受到另一番風味」這個論點。應該也會有人去看好幾次同一部電影，以自己重看的次數為傲，在交友圈裡刷優越感。

註10　三麗鷗的吉祥物。日文開頭與「音樂劇」同音。

不過，唯有在第一次接觸那部作品的瞬間，接觸未知世界時方能感受到的強烈震撼，是無可取代的體驗。這也是不容置疑的事實。

從那應該要稱之為一期一會的唯一性來看，祭典是最棒的體驗。

一生僅此一次，會場的觀眾和舞臺上的表演者創造出的，只有在那個瞬間才感覺得到的熱情、氣氛。

我能理解與友人共享那個氣氛的喜悅，也不會吝於贊同。只不過，特意一個人參戰，在心中咀嚼那份感動也很棒。

結論就是，應該要以自己心目中最棒的享受方式去參加祭典。

至於我個人的意見，我經常覺得一個人去不會受到任何人的妨礙，盡情歡呼、揮舞螢光棒，回去時因為太激動的關係發了詩集風的演唱會感想，那個瞬間也是祭典的醍醐味。

一個人去祭典也無妨。自由就是如此。

邀請親朋好友一起去參加也可以。不告訴任何人隻身前往也可以。

只要不給其他人添麻煩，想怎麼玩就怎麼玩。

意即。

跟妹妹兩個人一起去祭典，也是可以的。

× × ×

春天再度來臨。

憑藉三頭六臂三寸不爛之舌的力量勉強辦完累死人整死人忙死人的聯合舞會後，終於迎接春假。

不久後就要進入新學期。

我要像春眠不覺曉的孟浩然一樣拿出全力睡覺，善用所剩無幾的假期！

我下定決心，願望卻沒能傳達給上天，一大早就被小町抓出去。

「哥哥，快點快點！祭典要開始了！」

「是……」

小町不停推著我的背，我們漫步走在從車站延伸出來的道路上。

目的地是某祭典的會場。或許是因為要去參加這個活動，小町今天穿的是黑色皮外套、故意不穿整齊的T恤、刷破牛仔褲搭配靴子這種龐克風，幹勁十足。

雖然這不重要，一直以來都有人說「千葉的名勝是祭典和舞蹈」，千葉的確也會舉辦好幾場有名的祭典，可以說是祭典勝地。我們要去參加的好像也是其中之一。

我只是陪小町去，所以不清楚詳情，聽她說是非常熱鬧的活動。

明明尚未開演，那些疑似外向派對咖的人卻已經在通往會場的路上喧鬧起來，彷彿要證明小町說得沒錯。

原來如此，看來我陪她來是對的……

我聽說過，祭典不只有純粹想聽音樂的粉絲，也會有以搭訕為目的前來參加的混帳。

像小町這種年輕美少女一個人來的話，在會場周邊亂晃的觀眾會「嘿——！妳好可愛喔。還是學生嗎？幾歲？住哪？有在用LINE嗎？」莫名其妙叫住她，瘋狂跟她搭訕。之後還會接著問「妳有夢想嗎？有沒有聽過靠版稅吃飯的生活？下次我們要揪烤肉團，要不要一起？」迅速開始安麗。

要是小町沉迷於奇怪的線上沙龍就糟了！我得好好保護她，免得她突然變得目光空洞，把以前的同學通通聯絡一遍！

我的使命感燃燒起來，慢慢走在通往會場的路上。

離開演還有滿長一段時間，觀眾卻陸續抵達，到處都看得見穿著演唱會T恤和制服的集團。

整個很有祭典的感覺，可是這在千葉，尤其是幕張附近是常見的畫面。

幕張有大型活動館、棒球場，還有沙灘，適合舉辦不同的活動。

今天應該又有人被幕張展覽館這個名字騙到，在幕張站下車吧（註11）……要在海濱幕張站下車，或是從幕張本鄉站坐公車啦……

我邊想邊走，抵達會場。

離開場時間過了幾分鐘，入口附近人滿為患。裡面肯定有在幕張站嘗到絕望滋味的人……

這種演唱會，剛開場往往是最擠的時候。

可是別看我這樣，我也滿懂演唱會的。到我這個等級，會預測演唱會將延後五分鐘開演，進場後發現自己完全錯過開場表演，偶爾也會經常發生這種事。怎麼可以這樣……廢人型的邪惡宅宅，很愛從戴耳麥的工作人員的表情判斷活動流程，結果只是自己想太多。

然而從外面的人潮來看，會場內八成更擠。說實話，我不想在人擠人的地方一直等待開演時刻到來。

若我是隻身前來，我會喝罐ＭＡＸ咖啡再慢慢過去，但這次是陪小町來的。應該要詢問當事人的意見。

……好了，要怎麼辦？回去嗎？我望向小町，她拍拍我的肩膀催促我。

註11 離幕張展覽館最近的車站是京葉線的海濱幕張站，而不是總武本線的幕張站。

「哥哥，快點快點！走吧走吧！」

小町妹妹非常激動。

嗯——可是呀？哥哥今天是來聽音樂的……想待在後面耶……這場祭典群星雲集，在前面的話後面的暴民會往前擠不是嗎？我不太想遭受波及……

本想散發出莫名熟練的感覺，委婉地吸引她選擇放棄，看見小町閃閃發光的眼睛，這種不識相的話就說不出口了。

「不過，哎唷？還沒開演不是嗎？還有一些時間吧？」

結果，我的說法變得超級模稜兩可。

小町聽了鼓起臉頰，搖晃手指。

「哥哥在說什麼呀。祭典的時間持續到回家後喔？意思是……從踏出家門的那一刻起，祭典就開始了！」

她挺起胸膛，拳頭高高伸向天空，帥氣地宣言。那個氣勢害我差點被說服。

「這、這樣啊。說得也是！說得對！……對嗎？」

是嗎？真的嗎？我不小心點頭，卻有種聽見跟「打到贏為止就不會輸！」一樣的超級歪理的感覺耶？然而，小町毫不在意哥哥訝異的表情，試圖靠氣勢強行闖關。

「對啦！別管那麼多了，走吧走吧！否則會漏聽開演前的幕後旁白！」

「喔、喔……好，那走吧……」

我知道了，這傢伙是擅長居中的馬娘對吧（註12）？我整個被後來居上。好吧，像幕後旁白或幕後廣播這種能感受到開場前氣氛的東西，也只有現場才聽得到。不愧是我妹，眼光真銳利。

「出發——！」

小町吆喝著小步跑向前方，回頭看我，我也小跑步追上她。

× × ×

會場內人聲嘈雜。

充滿期待的竊竊私語聲，或是興奮的交談聲，甚至還聽得見完全沒在控制的吶喊聲。

在關掉燈光的昏暗會場中，仍然看得出這個空間瀰漫熱情的氣氛。

馬上就要開演了，觀眾的情緒達到最高潮。連大螢幕上的演出者PV，都能促

註12　惡搞自手機遊戲《賽馬娘 Pretty Derby》。居中指的是維持在中間的位置，終點前才加速追上的跑法。

使他們大聲歡呼，揮動螢光棒。

前方被出場歌手和偶像的狂熱粉絲占據，我們自然而然待在後方。

然而，正因為位置靠後方，才能清楚看見整個會場的情況。被通通站著的觀眾包圍，連本來沒什麼興趣的我都興奮起來。

不久後，會場內的背景音樂慢慢變小，螢幕也停止播放影片。期待不已的呼聲則愈來愈大，與此形成對比。

差不多要開始了。

開演前，演唱會都會說明各種注意事項。有些演唱會會由社長或事務員向製作人喊話，是該領域特有的精心安排。

那麼，這場祭典會有什麼樣的注意事項呢？我豎耳傾聽幕後旁白。

接著，後面傳來參雜在交頭接耳聲中的熟悉聲音。

「這裡就是今天的祭典會場呀……」

「不快一點會來不及喔！」

「說得也是！快走吧！」

先是表示理解的冷靜聲音，接著是催促人的開朗聲音，最後是做作卻可愛的聲音。

不過，冷靜的聲音制止了她們。

「等一下。不要在會場內奔跑。還有……等等會播放注意事項，請兩位專心聽。」

「是──！」

「呃，這人超有幹勁的……」

我偷偷聽見精力十足的回應和無言以對的感想。冷靜的聲音清了下喉嚨後，鎮定地繼續說道：

「開演後請把手機調成靜音模式或關機。禁止照相、錄影、錄音。若有上述情形發生，會請不聽工作人員勸告的違規者離場或停辦活動，還請多加配合。另外，活動將全程進行錄影，若有不便敬請見諒……都知道了嗎？」

「是──！我會遵守規則，享受祭典的！」

冷靜的聲音像在說明注意事項似的講了一長串。開朗的聲音雖然回答得很好，卻有種其實並未聽懂的感覺。接著傳來的是無奈的嘆息聲。

這個聲音和對話熟悉到讓我忍不住懷疑該不會是認識的人。我側身回頭瞄了一眼，結果被人潮擋住，什麼都看不見。

然而即使在人群中，那裝可愛的聲音、活潑開朗的笑聲、沉穩的美聲，依然清晰可聞。

「……那就 High 起來吧！」

「喔——！」

「……啊，快開始了。」

聽見這段對話，我跟著望向前方，舞臺上飄起白煙，鎂光燈閃爍不停。

祭典終於揭開序幕……

× × ×

一開始就是大明星的表演，將氣氛炒熱到最高點。

最紅的演出者明明還要一段時間才會登場，觀眾卻瘋狂到不行，受到影響的我不知不覺也跟著吆喝，舉起手甩動毛巾。小町也跳來跳去，十分忙碌，時間轉瞬即逝。

不過，長時間待在人這麼多的地方真的很累，於是我聽從小町的建議，趁去洗手間的時候順便休息片刻。

「呼～真開心……」

小町感慨地喃喃說道，語氣中蘊含滿足感及舒暢的疲倦感。我點頭贊成，離開觀眾席。

活動時間偏長的祭典，似乎還會設置有小攤販和飲料店的休息區。

我的耳朵仍在嗡嗡作響，再加上從肚子傳出的重低音，導致我踩著不穩的腳步走向休息區。

然後在那裡看見一堆跟我們一樣，要為下半場養精蓄銳的人。不愧是大規模活動，觀眾席外面的區域也是人潮洶湧。

我們穿過人潮，在牆邊的角落鬆了口氣。

這時，背後忽然傳來熟悉的聲音。

「呼～祭典果然很棒～！超 High 的！」

「對呀！不過太 High 了，得稍微休息一下……」

「是、是啊……唉……」

好像是結伴參加的好朋友三人組。

不時還聽得見相當疲憊的嘆氣聲，以及擔心她的聲音，大概是有不習慣這類型活動的女生混在裡面。

「啊——小雪乃累垮了……」

帶有淡淡無奈的慰問聲，說出了我再熟悉不過的專有名詞。我認識的小雪乃，只有本校的雪之下雪乃和特雷森學園的雪中美人（註13）。

我反射性回頭，盯著聲音的來源。

「啊——！結衣姊姊，雪乃姊姊！」

小町似乎也發現了，乾脆地跟她們打招呼，對方也回以精力充沛的聲音。

「小町，嗨囉！噢，自閉男也嗨囉！」

「哎呀，比企谷同學。」

超適合出現在祭典會場的人，以及超不適合出現在祭典會場的人。也就是說，活潑地對我們揮手的是由比濱結衣，臉色有點蒼白、聲音微弱的是雪之下雪乃。一色伊呂波也在旁邊。

她們三個都穿著鬆鬆垮垮的大尺碼T恤，或許是要配合祭典的氣氛。上半身是黑色的皮革騎士外套，下半身是刷破牛仔褲，還搭配高筒靴，相當龐克。

平常給人強烈清純少女感的雪之下、較常穿時尚休閒風的由比濱、走甜美可愛路線的一色，今天都有種不同的魅力。

「喔……」

我懷著五成「在這種地方遇到她們，真巧」的驚訝，五成「開演前的聲音果然

註13《賽馬娘Pretty Derby》中的人物。

是她們」的恍然大悟，點頭回應。

「啊，學長。」

一色也微微點頭致意，接著疑惑地望向我身旁的小町。

「……和小米。」

「嗯……這個微妙的綽號快要固定住了……是小町！小町的名字是小町！」

超詭異的綽號令小町擺出臭臉，馬上蹦蹦跳跳地重新自我介紹。

一色像要按住她似地拍拍小町的頭，展露笑容。

「哎唷，有什麼關係，很可愛的綽號呀？學妹角稍微被人瞧不起一點，好處比較多喔☆」

「哇──這人性格真的很惡劣……」

小町無言以對，不知為何，一色也一臉無言。

「這句話是學長說的。」

「哇──哥哥感覺就會說這種話……」

兩人對我投以鄙視的目光。並沒有……我才沒說那種話……背負了莫須有的罪名……

但這都是為了讓她們增進情誼。我就乖乖吞下去吧。

一色和小町只有在聯合舞會見過一次面，認識的時間不長。拿雙方都認識的人當話題，是拉近距離最快的方式。一起說別人壞話，產生共犯意識，是培養感情的祕訣喔！

不過以小町的個性，這部分她應該能處理得很好。

身為我妹，小町社交力卻非常高，即使是第一次見面，無論對方比她大還是比她小，她都能親切地找到一堆機會跟人家搭話。某年暑假去千葉村的時候，身邊的人都比她大，小町還是有辦法和大家交流，跟川什麼的同學的妹妹——川崎京華也處得很好。不分對象，面對任何人都能拉近距離，只能說不愧是世界之妹。

現在小町也把我晾在一旁，專心和由比濱她們聊天。

「能跟小町會合太好了～」

「不不不，小町才要高興大家約小町來！」

由比濱笑著揮手，小町也雙手一拍，兩人聊得有說有笑。

哦，原來如此。我還在想說在這麼大的場地撞見，真是可怕的巧合，從這兩個人的語氣判斷，似乎滿正常的。現在回想起來，是小町提議要去外面休息，我看這只是藉口，目的是跟她們會合吧……我正準備下達結論，突然發現一件事。

「咦，沒人約我。」

為什麼？為什麼跳過自閉男跑去約小町？

面對我的疑問，由比濱有點提心吊膽地回答：

「因為你會拒絕嘛……」

「是沒錯……」

假設她約我去，我一定會使出當代大絕「有空就去」。而且，即使受到邀約的當下想去，隨著日子一天天接近會慢慢變得不想赴約，我這人就是擁有這種爛人常有的想法。事先跟人約好的話，會愈來愈嫌麻煩的那個現象是什麼啊？

然而，我妹小町徹底掌握了我的個性。

「所以她們才來找小町。」

小町一臉得意，雙手比出勝利手勢。厲害……只要以「妹妹希望」做為理由當天突然約我，大部分的事情我都無法拒絕，她很懂我這個特性。不，不只小町，由比濱八成也瞭若指掌。正因如此，她才會採用透過小町約我這個方法。

討厭，好難為情……我的生態真的被掌握得太清楚了啦感覺怪怪的。輕易上鉤的這個狀況有點丟臉耶。

我清著喉嚨以掩飾害臊，把話題丟給其他人。

「咦，這樣說的話雪之下不也一樣？她感覺就不會來這種地方……」

轉頭一看，精疲力竭的雪之下散發出在這場祭典顯得格格不入的優雅氣質，彷彿要證明我這句話。與此同時，這異常的模樣也如實散發出「我不習慣這種場合」的感覺。

雪之下臉上浮現無力的微笑，輕輕以手扶額。

「對、對呀。我也是第一次來……祭典，超不得了的，咦，等一下，我快不行了，會死掉……」

「雪乃姊姊！妳講的話跟宅宅看完演唱會發的推好像！」

小町激動地吐槽。沒錯，很像邊看動畫邊發推說「等等我快不行了會死掉，五悠根本在交往吧……」的失去理智的宅女。

「總而言之，我好累……」

雪之下深深嘆息，反映了她有多麼疲憊。

哎，她本來體力就稱不上好。在陌生的祭典會場就更不用說了。突然暴露在會場的熱氣中，不能怪她累成這樣。要在擁擠的人潮中站好，比想像中還累人。興奮不已的觀眾互相推擠，跟搭乘爆滿的電車一樣恐怖。

「沒事吧？要不要喝點飲料……」

我姑且問了一下，聲音被一色蓋過。

「啊，沒關係。差不多要送到了。」

「送到？」

什麼東西？怎麼把主詞省略掉了？難道妳叫了Uber？最近真的很方便……

在我心想之時，有個認識的人從遠方的休息區辛辛苦苦地走過來。

「哇咧。攤販人超多的～根本買不到飲料耶？祭典超恐怖的啦──」

雙手抱著飲料的戶部，一臉得意地熱鬧登場。

「咦──？這不是比企鵝嗎！」

他看到我，兩手舉高飲料，嚷嚷著「嘿──」朝我跑過來。

「喔、喔……沒想到是戶部Eats……」

妳用的是最新的外送服務對吧？我瞥向一色，她面不改色地說：

「現在包含外送費在內等於不用錢。」

「付錢給人家啦……」

對妳來說好歹是學長。被迫去一堆人的攤販買飲料的學長很可憐耶。連錢都不付叫壓榨吧。那句話甚至藏有「反正等於不用錢，就用吧……」的言外之意，已經不是殘酷可以形容。

一色滿不在乎地執行殘忍的壓榨行為，害我忍不住哀嘆，當事人卻沒放在心上。

「好了好了，沒關係啦。來，飲料拿去。」

戶部開始發他剛買來的飲料，非常熟練的樣子。

「謝謝──」

「謝謝……」

由比濱的語氣跟平常一樣，雪之下則略顯疲憊。

「謝謝！」

小町也搭上順風車拿了飲料喝。順帶一提，一色同學用超小的聲音對他說「謝囉──」，好的。

就這樣，戶部手上的四杯飲料順利賣完。嗯……連戶部同學自己的份都沒了……

「抱歉，小町那杯我來出……」

雖說戶部 Eats 是等於免費的外送服務，突然加入的小町並不算在內吧。

「不用啦。免免免……」

我悄聲說道，戶部看起來並不介意，用不知道是哪個地區的方言隨口回答，甩甩手咧嘴一笑。

什麼嘛這傢伙人真好……才剛這麼想，戶部似乎終於意識到小町也在。他「喔喔！」誇張地表現驚訝，打了個響指，用那根手指指向小町，滔滔不絕地說：

「是說，妳不是比企鵝的妹妹嗎！哇塞——！該叫妳比企鵝妹了吧!?超久不見耶！妳哪一班的？哪一班的？我看妳這人不一般喔。哇糟糕，好懷念喔～超多話想跟妳聊的耶——」

「啊——！好久不見——！真的超久沒見的，之後一定要好好聊聊真的下次絕對要聊一下！」

小町雖然展露燦爛的笑容，卻配合靠近一步的戶部迅速後退一步，不僅如此，還用餐會要解散時會說的臺詞回答他。

「這是沒打算跟人家聊天時的拉開距離方式吧……」

「關係不好的女生會做的那種！」

那精湛的應付方式，使我和由比濱目瞪口呆。

下次、一定、之後。這種場合的「下次」和「之後」絕對不會來臨。我很清楚。

「話說回來，戶部為什麼在這？」

雪之下、由比濱、一色湊在一起還能理解。但我有點不懂為何戶部會加進去。

「我約了葉山學長，這個人不知道為什麼擅自跑來代替他。」

「對呀，不知道為什麼擅自跑來。」

一色用不帶溼度的語氣回答，雪之下用不帶溫度的語氣接著說。噢，雪之下同學打起精神了！酸人技巧恢復了喔！讚讚讚，很酸很酸！

被人說成這樣，當場發火都不奇怪，戶部卻完全沒生氣。他拿出一副「能讓我生氣的話算你厲害」的從容態度，面露苦笑。

「不不不，我是因為隼人說只有女生參加不放心才來的。」

「是喔……」

「那個？我也？無法接受？死纏爛打的搭訕喔？」

沒人發問，戶部卻撥起頭髮，不知為何開始展現自己是個好人。放著他不管，搞不好會變成發推昭告天下「就算我外表像小混混，看到有年輕小哥亂丟空罐，也會忍不住撿起來丟進附近的垃圾桶」，害人不知道該作何反應的大人。好吧，戶部確實是好人啦……

我們通通不知所措，一色大嘆一口氣。

「呃，你自我宣傳的意圖好明顯……早知道別趁去足球社的時候問，用LINE問就好……」

一色用超冰冷的視線看著戶部。

「不用裝模作樣告訴大家你是個好人，不需要。真的勸你不要這樣做喔？」

「喔、喔……哇咧……這人是認真在跟我說教……」

戶部不停拉扯後頸的頭髮，嘴巴還在哇咧哇咧叫。一色用詞雖然相當那個，從她沒有無視戶部，而是做出反應這一點來看，我覺得她挺溫柔的。

不過，原來如此，這樣我就掌握大概的事情經過了。恐怕是一色去足球社時邀葉山去音樂節，說了「只有我們幾個女生，我會怕……」之類的話。而葉山學長一定是反過來利用這句話，帶著陽光笑容隨口胡扯「這種時候戶部很可靠」。那傢伙真的很擅長這招。結果，在場的戶部自尊心和正義感受到刺激，演變成現在的情況……這個世界上，愈好的人愈容易被人利用呢……

我感慨良多，由比濱大概是覺得戶部太可憐，出面緩頰。

「哎、哎唷。他的確有幫上忙呀……」

「是沒錯……」

她用非常微妙的說法安撫她，一色勉為其難地點頭。嗯——比濱妹妹，妳這種說法太微妙囉☆

「對呀！有幫上忙！嘿！可靠的男人！謝謝你的飲料！」

然而，小町立刻捧了他一句。還想順便把剛才那杯飲料當成戶部請的。不是，哥哥會付錢喔？這樣對人家太不好意思了吧？

我心生愧疚，這時雪之下像特地在等這個時機般，露出無奈的笑容。

「某人一開始就乖乖答應邀約的話，戶部同學就不用白受傷了。」

「妳也傷到他了喔？」

妳忘了嗎？剛才妳把他當成擅自跑來的人喔？拜妳所賜，我莫名覺得我必須連妳的份一起道歉喔？

對不起，我家的孩子這麼沒禮貌……我懷著這樣的心情，微微向戶部低頭。

「不好意思，讓你跑這一趟。」

「不會不會免客氣免客氣！……我超喜歡聽音樂的啊？」

他表情有夠跩。

「啊，是喔……那就好……」

雖然有種白道歉的感覺，現在就原諒那張跩臉和裝模作樣的行為吧。事實上，舞會的時候他也玩得很開心，應該是真的喜歡這類型的活動。

「嗯，戶部看起來就對這種活動有興趣……」

我暗指「但其他人好像不是耶？」一色聽出我的言外之意，迅速回答：

「沒有啦，我想拿來當之後辦活動的參考。雖說規模不同，總能找到一些靈感。你看，祭典在千葉不是超興盛的嗎？」

「啊——的確。會辦超大型的活動。」

由比濱頻頻點頭。她說得沒錯，其實千葉滿常舉辦有一定規模的演唱會。

「啊……是那個吧，例如那場演唱會。」

我也點點頭，說出在千葉的音樂史上最有名的「超大型活動」。

「……GLAY的二十萬人演唱會。」

「感覺到年代差距!?自閉男你幾歲啊……」（註14）

由比濱嚇到了。笨啊，傳說是會超越時代的。千葉縣民開始意識到大規模音樂活動的存在，就是以那場演唱會為契機（據我調查）。

本想多說幾句，我還沒開口，由比濱就無奈地聳肩。

「說到千葉的音樂節，通常會想到夏日音速吧。還有CDJ？」

「那些我沒什麼興趣，所以不清楚……」

「咦……竟然沒聽過那麼有名的活動……」

一色有點愣住，不如說已經到了傻眼的地步。那驚訝的眼神甚至帶有一絲憐憫，我急忙反駁。

「沒有，我聽過。我聽過啦……但也只有聽過而已，沒實際去過。住在附近反而

註14　該場演唱會於一九九九年在千葉縣幕張展覽館舉辦。

會不知道要什麼時候去。跟住東京的人不會去東京鐵塔一樣。」

「嘿啊，我懂。」

我隨口胡扯幾句，只有戶部抱著胳膊，點頭附和。其他人都對我投以極度懷疑的眼神。雪之下彷彿要做為代表，一臉疑惑地問：

「說起來，你會去祭典嗎？」

「視祭典的定義而定……」

我邊說邊思考。我參加過的活動，只有萬代南夢宮嘉年華稱得上祭典。唱動漫歌也算祭典嗎？廣義來說應該是可以……Lantis祭也包含在內嗎？算吧。算啦。我下達結論，用力點頭。

「還滿常去的。」

由比濱露出有點訝異的表情。

「哦，好意外。你都去什麼樣的音樂節？」

「之前才剛去過。在東京巨蛋連續舉辦兩天的。」

「在東京巨蛋連續舉辦兩天……哇——」

「感覺是相當厲害的歌手。」

由比濱和雪之下都佩服地說。

會有這個反應很正常，東京巨蛋可是日本引以為傲的最強場地之一。能在容客數高達五萬五千人的那個地方舉辦演唱會的人，才稱得上最強歌手。

我邊說邊回味那瞬間。

「是啊。畢竟第二天有偶活……」

那場演唱會，真的，超棒的……

哎呀開頭放出小葵的幕後旁白時我就已經起雞皮疙瘩了。然後又播了偶活系統的背景音樂。而且第一首竟然是〈Diamond Happy〉。本以為會被第二首〈閃耀的練習曲〉虐殺結果某種意義上來說反而使我安心升天了，下一首〈Start Dash Sensation〉開唱後根本直接下跪，雖然我是坐著聽。說起來，第二天通常固定是偶像祭，同時出演複數作品的聲優以非常巧妙精湛的手法將不同作品的歌曲串在一起，我認為可以說是奇蹟了。我深深感覺到自己窺見了超越我等宗教差異的新時代演唱會，好燃。咦，真～的好～～好～～燃……

過於熱血的回憶使我淪為不停自言自語「好燃……好燃……好、好燃……」的熱血bot。一不小心可能就會喋喋不休地分享第二天的精華之處。

然而，上面那些話我只有在推特發的演唱會感想裡面才寫得出來，口頭說明的話，脊髓會跳過大腦，擅自說出「好燃」。

「請無視哥哥的萬代南夢宮嘉年華感想……各位常去祭典嗎？」

同一時間，小町無視我這個吃了好燃果實只會講好燃好燃的好燃人，繼續剛才的話題。

「算常去吧～」

「我也會陪人去。」

「嘿啊！我也是～」

「我會去爵士樂的音樂會……以前全家人一起搭遊艇旅行的時候，有舉辦海上音樂會……」

「啊——是船沉了直到最後都逃不掉的人。」

「結衣學姊那是從鐵達尼號看來的知識吧……」

「不過音樂會和演唱會感覺不太一樣耶。」

「對呀。所以我不清楚要如何享受演唱會。」

「啊，這個哥哥很懂。對不對！哥哥。」

「對。」

話題忽然扯到我，於是我立刻停止回憶感人場景，帥氣地點頭。

「原來你有在聽啊!?」

「有啊。不管在什麼時候什麼地方做什麼事，我都絕對不會漏聽小町的聲音。甚至只聽得見小町的聲音。」

聽我這麼說，小町開心地微笑。

「哇好噁心♪」

然後講出一句很過分的話。

「真的好噁心……」

雪之下則是真心覺得很噁的樣子，臉上不帶任何笑意。嗯——罵得那麼直接挺傷人的……聽起來像發自內心，這樣不好喔。

我一口氣被拉回現實世界，順便把話題也拉回來。清了下喉嚨故作正經，決定來傳授享受演唱會的方式。

「……現在是在聊演唱會對吧。不用想那麼複雜。剛開始只要模仿貝卡站姿站著，擺出一副男朋友的態度就行了。」

可是，這句話說出口的瞬間，雪之下便困惑地皺眉。

「貝、卡……？什麼？你說什麼？」

我再次向回問我的雪之下說明。

「呃，就是模仿貝卡站姿站著擺出一副男朋友的態度。」

「再講一遍還是聽不懂！」

由比濱揉著丸子頭大叫。這個說法對圈外人而言果然有點難理解嗎……我重新思考她們聽得懂的譬喻。

「……啊——那我換個比較好懂的說法，擺出前男友的態度。」

「聽不懂啦！不是，可以理解字面上的意思……但我聽不懂你想表達什麼。咦咦……為什麼要在演唱會上擺出男朋友的態度……」

由比濱好像放棄理解了。她煩惱地呻吟著，旁邊的一色則點了下頭。

「經你這樣一說，會讓人好奇你沉浸在演唱會中的時候會帶著多難看的表情耶。」

「哇，這人的用詞好那個——不過小町也會好奇。」

「對呀。那麼，請你演演看是什麼樣的感覺。」

「呃，沒什麼啦……像這樣……」

我邊說邊默默抱著胳膊，側過身子，望向遠方。雙眼注視的並非此刻，並非此地，而是存在於想像中的偶像。

只有我看得見那座舞臺，我凝視著光輝的另一端（註15），靜靜微笑，緩緩點頭。

我懂，只有我懂。只有我懂妳。只有我懂真正的妳……我如此心想。

註15　惡搞自偶像大師劇場版《前往光輝的另一端！》。

全部的聲音瞬間遠去。

合計五人份的尷尬沉默降臨，儘管如此，我依然點點頭。

然後在心中對我所想像出的無形偶像訴說。

……這樣啊。妳找到了……「自己想待的地方」了嗎……現在的妳……比那個時候更加耀眼。

我回憶起並不存在的我與偶像共度的生活，意識到自己早已失去了它，帶著自嘲的笑容嘆氣，輕輕搖頭。

向前方投以哀傷的目光，臉上無奈的微笑流露出後悔之情，於內心告訴她「嗯，在最後面的位置，也看得很清楚喔……」點了下頭。

這時，一色大概是終於受不了我模仿貝卡站姿擺出男朋友的態度，高速搖頭。

「不行不行不行。」

小町和由比濱同時瘋狂搖頭，表示無法接受。

「好恥好恥好恥。」

「好噁好噁好噁。」

「好燃好燃好燃。」

可是，只有我看得見真實。我吶喊著好燃，以免屈服於不行、好恥、好噁的大合唱之下。不過，會試圖看見看不見的存在的人，只有我、BUMP OF CHICKEN（註16）跟毒犯。極其健全健康的由比濱發出驚恐的叫聲。

「哪裡燃了!?」

「觀眾會擅自燃起來，所以沒關係啦。」

沒錯，在祭典、演唱會上，重要的只有燃不燃。

我誠懇地說，結果雪之下的反應超越驚恐，抵達困惑——不如說甚至到了擔心的地步，問我：

「……那有什麼好開心的？」

她的語氣小心翼翼，跟坐在籠罩沉默的餐桌前，鼓起勇氣問孩子「……在學校過得開心嗎？」的母親十分相似。看她那麼擔心，我只得認真回答。

「咦……很開心啊。在熱鬧的一群人中，只有我與眾不同的感覺超棒。裝成前男友時的心情根本是新海誠作品的男主角。腦中會播放山崎將義（註17）的歌。」

「別聽腦中的歌了，請你聽演唱會的歌……」

註16 出自日本樂團 BUMP OF CHICKEN 的歌曲〈天體觀測〉中的歌詞「我透過望遠鏡窺探試圖看見看不見的存在」。

註17 新海誠的作品《秒速五公分》使用了日本歌手山崎將義的歌曲作為主題曲。

雪之下頭痛地輕輕按住太陽穴，吐出疲憊的嘆息。

嗯……她不懂嗎……置身於在演唱會上大聲嚷嚷的群眾中，俯瞰這個情景的感覺超爽的超燃的。

只有我超越粉絲，抵達了理解者的領域，能夠露出這個表情的瞬間，最能感覺到神推和自己之間的羈絆。我是可以藉由在這種深層部分跟其他粉絲做出區別，體驗更高等級的享受方式的男人。

然而，這方面的心情似乎很難讓人理解。由比濱目瞪口呆，不久後嘀咕道：

「完全無法理解……好噁心。」

「竟然罵人噁心……我說啊。」

語氣可以不要這麼嚴肅嗎？我好像聽見妳心底的言外之意囉？

不過，語氣嚴肅的不只由比濱。雪之下也一副發自內心感到擔憂的樣子。

「你平常都在做這種事嗎？還好嗎？有沒有三餐按時吃藥？」

「看演唱會的時候腦內啡會使我快樂，沒必要吃藥。」

「過於快樂反而是一種不幸呢……」

雪之下注視我的眼神前所未有的溫柔，不如說已經超越注視的地步，而是帶著一絲憂傷的溫度，彷彿在看待臨終的病人。

氣氛跟守靈一樣沉重，一色嘆出一口無奈至極的氣。

「沒有更好懂的享受方式嗎？」

她的語氣超級不耐煩，擺出一副再講下去受傷的會是我的表情。

但對我來說，享受祭典最淺顯易懂又感人的方式，就是這個了。好吧，她應該是要我著重在更普通一點的感性上。

「習慣那個氣氛後還會記得要怎麼打Call，挺歡樂的喔。」

「打Call？」

雪之下面露疑惑，大概是因為聽見陌生的詞彙。戶部點點頭，插嘴附和。

「Call是那個對唄？香——草香草香——草呼呼——！（註18）那樣的？」

「不是。」

呃，節奏大致符合啦，要說像的話是挺像的，不過完全不一樣。最近很少在路上看見香草的廣告車，她們不會知道你在指什麼吧……有個人一副「啊——是那個呀」的態度在點頭，我就當沒看見了。

「Call有點類似打拍子。」

我邊說邊煩惱該如何解釋。

註18　日本徵才網「香草」的主題曲。

簡單地說，就是在勝利演唱會上大喊「馬兒蹦蹦跳！馬兒蹦蹦跳！」的行為（註19）——這樣講最輕鬆，但我想她們不可能聽得懂。聽那首歌的時候會感動到哭，根本沒心思打 Call……真沒想到會有被馬兒蹦蹦跳弄哭的一天……不對，言歸正傳。

「比較普遍的就是……預備！Hi Hi Hi Hi Hi！……像這樣。」

思考過後，我決定先舉出最好懂的例子，由比濱和一色點頭「喔～」了聲。

「啊——好像聽過……」

「偶像的演唱會就是那種感覺。」

「喔，伊呂波學姊，妳喜歡偶像嗎？」

「沒到會去演唱會的地步……但我喜歡長得好看的女生。」

「妳講話真的很那個耶——」

在小町和一色討論偶像時，雪之下獨自思考著。

「明明是來聽歌的，觀眾卻會發出聲音，有點不可思議。」

「主要是用來聲援的。至於當下的場合適不適合打 Call，就要各自看氣氛判斷……」

註19 在《賽馬娘 Pretty Derby》的遊戲中，競賽結束後會舉辦勝利演唱會，優勝的馬娘能獲得 Center 之位。

對Call的看法因人而異。有人嫌演唱會的Call很吵，反過來說，也有人認為Call是炒熱氣氛的重要手法之一。當然也有認為要視歌曲而定的人，這部分分得非常細。除此之外，有時主辦方會制定明確的規則，參加時建議一條條看仔細。

要解釋這麼一長串不是不行，不過比起那些，更重要的只有一件事。

「講極端一點，只要不給人添麻煩，怎麼看演唱會都行。」

到頭來，最重要的是讓演出者及觀眾都能度過愉快舒適的時間。可以說這才是絕對的鐵則。

我不小心說得異常有感情，拜其所賜，聽起來好像更有說服力。雪之下目瞪口呆，眨了兩、三下眼睛，臉上立刻浮現微笑。

「原來如此。我隱約明白了。」

她嘆出一口氣表示理解，點頭。

旁邊的一色則嘆出一口不同意義的氣。

「可是自由是最難的……唉，到底要怎麼辦活動。」

她喃喃說道，語氣比想像中更苦惱，我也不禁思考起來。

雖說自由玩樂即可，那只是觀眾參加時的心態。主辦方必須站在不同觀點思考。「要怎麼享受是客人的自由！」聽起來是很好聽沒錯，但這跟把責任全丟給觀眾沒什麼兩樣。如何讓觀眾享受、想讓觀眾享受哪些部分、想如何讓觀眾度過舒適的時間，主辦方需要思考這些事。

從主辦方的角度來看，應該能透過這場大規模祭典找到某些提示。例如這個休息區就是我希望他們務必採用的要素。校慶有休息區的話也會比較輕鬆……甚至可以全班都是休息區。這樣班上就不用辦麻煩的活動了。

雖然在接待客人方面可以像這樣拿這場活動當參考，那也要等決定活動內容後再說。

「是說，妳打算辦什麼活動？」

一色豎起食指抵著下巴，邊想邊說：

「我想在明年春天左右，由學生會舉辦慶祝畢業或入學的活動。不覺得來場盛大的活動很棒嗎？反正是學校的錢，不花也是浪費——？」

「哇，這人怎麼講這種話……策劃活動的理由有夠人渣……」

太過隨便的理由，令小町無言以對，一色嘟起嘴巴。

「沒關係啦——我們學校是公立學校，用的是稅金，所以本來就是我的錢！」

「是我們的錢……」

雪之下略顯困惑，由比濱露出苦笑。只有戶部瘋狂點頭，彷彿在說「不愧是伊

呂波」。你很習慣耶～

先不說這個了，辦活動的時期是挺複雜的問題。

「哦……春天啊……要辦的話還在畢業季應該會比較好。」

「是嗎？」

「嗯，入學的時候辦有點……」

我含糊其辭，一色納悶地歪過頭。

「為什麼？」

「因為新生參加那種活動的時候，會忍不住玩太瘋。然後大多會出糗。剛入學就出糗的話，之後會過得很慘喔。」

尤其剛入學是最敏感的時期。沒有比一起跑就跌倒更嚴重的事了。這個時期剛加入一個團體，構成生命線的交友關係同樣尚未打穩根基，話雖如此，對學校本身也還不怎麼執著。很有可能無法忍受一時的恥辱，成為最快通關自主退學副本的攻略組。我很瞭解。

不過，似乎有點太瞭解了。

「超有說服力！」

由比濱用力點頭。

「對吧？剛入學的自我介紹也是。要是不小心冷場，真的會很慘。」

「那個超重要的！叫什麼來著？剛剛的祭典也是，登場時的開場白？果然超重要的啦。」

戶部指向我，點頭附和。

拿在祭典上登臺演出的知名歌手的開場白跟入學時的自我介紹相提並論，雖然有點不好意思，重點都在於要如何吸引他人的注意力。

聽見這段對話，即將進入本校就讀的小町表情有點憂鬱。

「小町沒自信……」

「會嗎——？我倒覺得小町應該不用擔心。」

由比濱對神情不安的小町露出意外的表情。

說得對。有小町那個等級的社交能力，自我介紹理應易如反掌……她到底在擔心什麼……

我也疑惑地看著她，小町眼泛淚光，依偎在由比濱身上。

「不，小町沒有自信，所以請結衣姊姊示範一下！走祭典路線！跟剛才的偶像一樣！」

「咦，咦。」

她突然提出莫名其妙的要求，害由比濱驚慌失措。

哼哼，原來小町的目的是這個。被祭典的氣氛感染，想要惡作劇是吧……我才剛這麼推測，一色見狀也跟著揚起嘴角奸笑。

「啊，不錯耶。那就麻煩學姊自我介紹了。」

「是啊，由比濱同學看起來就很擅長這種事。示範一次給她看如何？」

雪之下也以手掩住嘴角，輕笑出聲，加入這場惡作劇。戶部還順便拍手起鬨，營造出無法拒絕的氣氛。

「咦……嗯、嗯……知道了……走祭典路線，跟剛才的偶像一樣……」

由比濱皺起眉頭，閉目沉吟，陷入沉思。看她自言自語個不停，好像是在回想剛剛上臺表演的偶像的自我介紹。

不久後，或許是想像出一個形象了，由比濱睜大眼睛，露出燦爛的笑容，還配合身體動作，興致十足地放聲吶喊：

「大家——！嗨囉～！跟我一起說！嗨囉！」

接著，她把手放在耳邊，等待回應。

人家都在等了，我們也不得不回應。聽見嘹亮的「嗨囉！」由比濱滿足地點頭，朝這邊揮手。

「謝謝大家——！總是可愛，時而性感，唯一的代表色是粉紅色！我是團裡的打招呼代表衣衣！」

她可愛地摸著臉頰，性感地單手扠腰，手在空中轉了一圈對我們敬禮。這個偶像動作完成度真是高得亂七八糟。

「喔～厲害，這人好強——我說真的。」

一色不曉得是站在哪個角度看，佩服地獻上掌聲。接著響起的是怪腔怪調的喝采，以及刻意壓低音量的聲援。

「哇咧——！我好興奮呀～！」

「衣衣——！」

「有兩個宅宅混在裡面……」

兩位宅宅——戶部與小町宅味十足的反應，令一色避之唯恐不及。特別是面目猙獰，發出粗野聲音的小町，她看小町的眼神是無盡的輕蔑。

她轉頭瞄向我，問「這兩個人是不是有病？」我卻沒空理她。

「……咦，咦，等等，咦，我不行了，會死掉，不行了好可愛……」

我忍不住用超小的聲音呢喃。

咦，咦，等一下。剛剛那是？等等，我不行了。咦。我看她什麼時候正式出道都不奇怪。沒錯沒錯就是這個，參加偶像演唱會的人就是想看這個。我要推爆衣衣。

我語速超快地自言自語，一色落在我身上的視線，彷彿看見什麼噁心的東西。

「第三個宅宅……」

不行這些傢伙沒救了——一色露出放棄治療的表情，將視線移到雪之下身上，向她求救。

「比起打招呼代表，用嗨囉代表比較好。」

「竟然還有個製作人……」

然而，一色期待落空，雪之下雙臂環胸擺出製作人的態度，頻頻點頭，提出意見。由比濱也跟偶像一樣認真傾聽。

「嗯——可是嗨囉就是招呼語……」

「第一次聽見的人可能會不知道那是在打招呼吧？聽習慣的我們是聽得懂沒錯，其他人可能會覺得妳在發出怪聲？叫聲之類的。」

「原來小雪乃是這麼認為的嗎!?」

「啊，當然是可愛的叫聲，非常可愛的叫聲。」

「護航得好爛！」

雪之下露出不帶惡意的微笑，可是由比濱說得對，她真的很不會護航……「叫聲很可愛」，這種宣傳詞只有在寵物店的寵物鳥區聽得見吧……

連一色似乎都看不下去，無奈地聳肩。

「嗯，剛剛那是雪乃學姊不好。妳要不要自己試一次看看？」

「咦!?」

她輕描淡寫地說，雪之下當場僵住。仔細一看，一色嘴角掛著邪惡的笑容。

「啊，我想看我想看，哇——掌聲鼓勵。」

「掌聲鼓勵。」

由比濱和小町無視不知所措的雪之下，展現完美的默契拍手表示「好期待喔！」。雪之下畢竟剛才也有跟著起鬨，甚至擺出製作人的架子，看起來無法拒絕。

「咦，咦……祭、祭典路線？……跟偶像一樣？」

雪之下碎碎念著抱頭呻吟。

喂喂喂，鬧太過頭囉。別讓雪之下太頭痛。她不擅長應付這種狀況……我開不了口制止她們，因為我也有點想看。

面對眾人的期待，雪之下困擾地低著頭，迅速整理好瀏海。然後閉上眼睛，吐出一小口氣，慢慢醞釀情緒。她的臉頰逐漸泛紅，不久後，睜開微微泛著水光的眼睛。

「大、大家晚安──！黑長髮是知性的證明……代、代表色是憂鬱的藍。我是團裡的冷酷代表小雪乃……」

她說出像在致敬由比濱的招呼語，撥了下光澤亮麗的黑髮，把手放在胸前微笑。這個偶像動作可愛到不適合用冷酷形容，潛藏著一絲熱情。

「喔、喔……」

臉紅到耳根子的雪之下的自我介紹，使我們靜靜燃燒起來。

所有人都啞口無言，看得入迷，雪之下似乎把這陣沉默視為沒有反應，雙肩顫抖。接著用含淚的雙眼瞪著我們，噘起輕輕咬住的嘴唇，無力地垂下頭。

「……好想死。」

她的咕噥聲斷斷續續。看見那稚嫩脆弱的模樣，眾人猛然回神。我則「嗚！」了一聲，心臟傳來一陣劇痛。

「不不不很讚喔！」

「超可愛的！喜歡！」

戶部大方地鼓掌，由比濱抱緊雪之下。

儘管由比濱的行為令她感到困惑，雪之下終於吁出一口氣，表情放鬆。她因羞愧而扭動身軀，卻還是露出靦腆的笑容。

「是、是嗎……」

「對呀！我都在想『這女人不簡單，真的好卑鄙』了！」

「哇，這人稱讚人的品味好糟糕。不過真的很可愛！對吧，哥哥！」

一色過分的評價、小町呼喚我的聲音，聽起來通通像從遠方傳來的。

小町訝異地看著沉默不語的我。

「……哥哥？」

然而，無人回答她的呼喚。

存在於此的，只有一句不會說話的亡骸。小町溫柔搖晃那具亡骸的肩膀。

毫無反應。就只是具屍體。

「沒、沒呼吸了……」

比企谷八幡。得年十七歲。

死因是萌死。

「哥、哥哥——！」

小町發出悲痛的吶喊，猛搖我的身體。

「……啊！」

託她的福，我好不容易清醒過來。

好險，看見超尊的畫面，害我差點沒命。還很有精神的爺爺和奶奶，在三途川的這一側揮手跟我說拜拜……根本是在送終……

真的好險，要是我每次都會為了這種事死掉，有幾條命都不夠吧？我的人生是Spelunker嗎？（註20）

我嘆著氣擦掉額頭的汗水，假裝什麼事都沒發生。

「……剛剛在講什麼？」

「入學時的自我介紹。」

看我慌成這樣，一色有點無言，為我解答。

我恢復鎮定，雙臂環胸。

「啊——這個啊。那種自我介紹不能太長，最好講短一點。」

我侃侃而談，小町興致勃勃地點頭。

「原來如此，原因是？」

「原因很簡單……話多的社交障礙患者最煩了。」

社交障礙不是專指不會講話的人。大部分不善交際的人都可以用這個詞通稱。其中也有那種別人沒主動問，自己卻講得很開心的話特別多的患者。而話多的患者

註20　迷宮探險遊戲。主角弱到只要從跟身高差不多高的地方墜落就會死亡。

也有分不同類型，有純粹不懂得察言觀色，導致他說了不該說的話的人、最愛分享自身經驗刷優越感的自大仔，也有一緊張話就會變多的冒失鬼。

跟愛說話的社交障礙患者比起來，什麼都聽不見的快要壞掉的收音機（註21）還比較好……是說什麼都聽不見的話不叫快要壞掉，而是已經壞掉了吧？

聽完我這番話，雪之下點了下頭，看起來非常贊同，臉上浮現柔和的笑容。

「挺不錯的自我介紹。下次先報上名字應該會更好。」

「謝謝妳的建議。有沒有人有帶鏡子？」

請一定要借她照照自己的臉。我望向由比濱，她皺著眉頭試圖打圓場。

「呃，那個啦！小雪乃也挺那個的！」

雪之下聞言，不悅地鼓起臉頰，就算妳做出那麼可愛的表情也沒用。好好反省喔？雖然我的確也需要反省。

總而言之，要開口就必須站在客觀的角度約束自己。

否則之後冷靜下來，想起那段回憶會想死喔！啊，想起來了好想死。

我的視線不知不覺愈垂愈低，眼角餘光瞥見小町愁眉苦臉的，不知道在想什麼。

「原來如此……重點在於要針對內容做取捨～不過……沒看過具體案例，小町沒

註21　日本歌手德永英明的歌曲〈快要壞掉的收音機〉的歌詞。

概念耶。偷瞄。」

小町故意描述自己的動作，往我這邊看。我假裝沒聽見，故意吹口哨，小町卻唸著「偷瞄偷瞄偷瞄……」跑來扯我袖子。

「哥哥也示範一下嘛。唉唷，只讓她們兩位表演也不太好。」

「是妳逼她們的吧……」

小町聽了只是吐出舌頭笑了下，輕敲自己的額頭。搞不好是因為自己的玩笑話害由比濱跟雪之下當眾丟臉，讓她產生了罪惡感。

既然如此，妳自己來不就得了？可是只要是妹妹的請求，這個哥哥大部分的情況下都會答應。討厭～！我家的小町真會做人！

在我思考之時，現場已經醞釀出我不得不挺身而出的氣氛。

雪之下抱著胳膊，彷彿在等著看我有多厲害；由比濱在鼓掌；小町用閃亮的眼睛看我；戶部在唉唷唉唷叫。一色像要統整這些人的意見般，清了下喉嚨，把手朝向我。

「那麼，請學長做個自我介紹。」

「咦咦……那，好吧。」

由比濱和雪之下都那麼犧牲了，我總不能不親自示範。不對，比濱同學還玩得滿開心的？先不說這個了。

我即將升上高三。從小學開始算的話，過去合計有十次在新學期做自我介紹的機會。根據我的經驗，自我介紹會失敗，八成是因為給自己的壓力太大。

重要的不是刻意去搞笑，但也不能太平淡，也就是說，要以最自然的方式將原本的自己呈現出來。

於是，我參加完想像中的入學典禮，跟想像中初次見面的同學們，做出完美的自我介紹。

「我叫比企谷八幡……」

「好像主角會做的自我介紹……」

聽見我報上名字，一色一臉驚訝。

「是隨處可見的一般高中生。」

「是主角……」

聽見我的自我介紹，雪之下皺起眉頭。

「過著平凡無奇，無聊卻平靜的生活。」

「是主角……」

聽見我的唬爛，由比濱露出苦笑。

「……可是某一天，我突然遇見神奇的妖精邊緣倫，剛入學就變成邊緣人了!?我未來的生活會變成什麼樣子!?」

「是光之美少女!?」

由比濱以五成驚訝五成傻眼十成驚恐合計兩倍的情緒大喊。沒有啊，自我介紹不就是這樣？每一話都會在動畫開頭播不是嗎？

才剛說明完，一色就在胸前不停擺手表示否定。

「不不不，那段講神奇妖精的不需要吧。」

雪之下微笑著補充：

「與其擔心未來的生活，不如擔心你的腦袋。」

「好狠！」

「哇咧……」

比濱同學說得對，我得到非常狠的評價。她們講話實在太狠，連戶部都啞口無言。

對我提出這個無理要求的小町則滿意地點頭。

「哥哥的自我介紹雖然很那個，是可以拿來參考啦！小町覺得自己上了高中也能過得不錯！」

她邊說邊擺出勝利姿勢。咦~?此話當真~?妳拿剛才那段自我介紹的哪個部分怎麼參考的?我十分擔憂。

小町把不安的我晾在旁邊，想像著新生活。

「小町終於要成為雪乃姊姊和結衣姊姊的學妹了。超期待的~!」

「我也好期待~!」

「嗯，我在學校等妳。」

一色呻吟著注視聊得不亦樂乎的三人。

「唔……我的學妹地位要被……」

她咬緊牙關，在為奇怪的事擔心。戶部開口安撫她。

「沒關係啦，有學妹也不錯。果然?有人找自己幫忙，我也會比較有幹勁?就算嘴巴在抱怨，還是會忍不住想照顧人家對唄。像我就會不小心請客~」

戶部抓著後頸的頭髮高談闊論，擺學長架子。不過，像戶部這麼好相處的人，學弟妹應該也會受到很多幫助。說不定他真的是個不錯的學長。

我是這麼認為的，但事實好像並非如此!一色目光冰冷，聲音低沉，斬釘截鐵地說:

「戶部學長只是沒被人放在眼裡，被拿來使喚啦。」

戶部瞬間停止動作。

「哇咧？真的假的？」

「真的。」

「……哇咧——」

由一色告知的殘酷真相，令戶部再也說不出話，只能繼續抓頭髮。嗯、嗯，沒啦，我覺得你是個好學長，包含這部分在內……不然伊呂波大概也沒辦法說得那麼直接。我想這代表她有對你敞開心扉……

在我猶豫該不該幫他說話時，小町忽然轉身面向這邊，對一色露出可愛的微笑。

「嘿嘿嘿，以後請多多指教！伊呂波學——姊♪」

一色措手不及，當場愣住，眨眨眼睛，小聲清了下嗓子。

「……好吧，有個學妹或許也不錯。」

她邊說邊移開視線。看來學姊這個詞有股魔力。一色默默整理頭髮遮住耳朵，我不禁苦笑。

「總之，麻煩妳多照顧她。」

一色和小町的相處時間，比明年春天就要畢業的我們多一年。跟女性前輩建立起來的關係，應該能成為她的靠山……我跟中國拳法的師傅一樣，抱著胳膊點頭。

一色懷疑地看著我。

「唉，就算你叫我照顧她，我也沒什麼幫得上忙的……」

話講到一半，她好像想到什麼，閉上嘴巴。身體迅速往後縮，慌張地擺動雙手，迅速扔出一長串話。

「啊！學長是想追我嗎用『我妹就交給妳了』這種說法不著痕跡地求婚是不錯但仔細一想果然還是待在最年下的位置對我來說好處最多所以對不起。」

她端正地一鞠躬。我滿足於此，點點頭。

「嗯，妳說得對。」

她每次都會用爛得要命的理由，擅自光速甩掉我。拜其所賜，我已經養成一開始就左耳進右耳出的習慣。

然而，一色似乎不滿意我的回答，鼓起臉頰噘起嘴巴。

「出現了，根本沒聽進去的反應……」

「那種鬼話，認真聽的人才有問題吧……可是我有回妳啊，我說『妳說得對』。」

對話基本上只是流水線作業。在透過輸送帶送到面前的話題上，蓋上名為「我懂～」「真的～」的印章的簡單工作。不過是沒薪水拿的爛工作。

或許是我的想法被看穿了，一色死心地嘆了口氣。

「好吧，是沒錯……」

「對對對，就是那樣。」

我隨口應聲，小町「喔喔喔～」發出聽起來非常崇拜的聲音。她看著我和一色的眼睛，好像在閃閃發光。

小町羞怯地跟一色搭話。

「那個……」

「什麼事？小米請說。」

一色不耐煩地回問，小町像在祈禱似的，雙手緊緊交握，用水汪汪的大眼看著一色，以甜美的聲音說道：

「小町還是叫妳姊姊吧？先從（暫定）開始，定期考核如何？」

「為什麼！才不要！考核什麼的聽起來超麻煩！」

一色堅決拒絕，小町卻乾脆地當沒聽見，開始自說自話。

「曾經有人說過，以眼還眼，以牙還牙，以渣還渣……伊呂波學姊只有渣度無可挑剔。某種意義上來說，反而是理想的姊姊，某種意義上來說。」

「啥？這傢伙在講什麼東西……是說，我完全沒有被誇的感覺耶……」

一色訝異地看著神情陶醉，有點沉浸在幻想中的小町，一臉嫌棄。

可惜小町連這句話都華麗無視。

「小町一直覺得不需要哥哥，想要一個姊姊……從結果上來看，這樣對哥哥也有好處……剛才那句為哥哥著想的發言，小町覺得分數挺高的。」

「是嗎？很高嗎？說不需要哥哥的那部分分數挺低的吧？」

之前借太多錢所以還不清了吧？勸妳最好重看一遍回饋率是多少喔？可是，回饋率似乎因人而異。

由比濱和雪之下突然自言自語。

「小町是妹妹……好像不錯。」

「我當姊姊……還不錯。」

她們發現自己的聲音跟對方重疊，面面相覷。

「咦？」

「哎呀？」

接著視線交錯，默默互相凝視。一人露出無畏的笑容，一人露出自大的微笑。

這場對峙明明只持續了幾秒，感覺起來卻相當漫長。

「哇，這絕對是很難搞的情況……」

氣氛有點緊張，一色低聲說道，連戶部都抓著後頸的頭髮，像在找藉口似地說：
「哇咧……啊！我想看的歌手快上臺了，先閃囉！」
話才剛說完，戶部就落荒而逃。一色對他的背影怒吼：
「啊，喂，你怎麼逃了！」
「哇咧——！」
戶部丟下這句話愈逃愈遠，動作快得跟危機偵測能力異常優秀，在好萊塢電影會活到最後的搞笑陽光角色一樣。
一色深深嘆息，兩手一拍轉換心情。
「好！剩下下次再說！我們也該結束休息時間了！」
她刻意裝出活力十足的語氣，介入雪之下和由比濱之間。祭典快進入後半場了，這個時機應該正適合重回戰場。
於是，我全力贊成一色的建議。
「對、對啊。時間差不多了。」
由比濱和雪之下聞言，望向時鐘。然後再度互相凝視，同時露出溫柔的微笑。
緊繃的氣氛一口氣和緩下來，由比濱伸了個懶腰，用充滿朝氣的聲音說：
「說得也是！祭典也快進入最高潮了！」

「……那麼，下半場也盡情狂歡吧。」

「喔——！」

雪之下帶著沉穩的笑容說道，小町高高舉起拳頭。

以此為信號，我們離開休息區，走向搖滾區。

不曉得是因為經歷過充分的休息，還是出於對活動最高潮的期待，她們的步伐相當輕盈。

走在我數步前面的模樣，跟從觀眾席透出的光芒重疊，耀眼得令我下意識瞇細眼睛。

拉長的影子不會停留在同一個地方，緩緩搖晃，變得愈來愈淡、愈來愈模糊，儘管如此，依然重疊在一起。

看見那一幕的瞬間，我忍不住停下腳步。因為我竟然產生了「想要看久一點」這種不符合我個性的念頭。

「比企谷同學，你站在那做什麼？要把你丟下囉。」

「自閉男，快點快點！」

雪之下回頭望向杵在原地的我。由比濱在她旁邊用力揮手。

「學長，你好慢——」

「哥哥，走吧走吧！」

一色氣呼呼地瞇眼看著我，小町跳著對我招手。

她們齊聚一堂的畫面，我究竟還能看幾次呢。

時間所剩無幾。未來季節更迭，新的春天來臨時，迎接我們的會是淒美的離別。

祭典的時間也終將結束。

正因為總有一天會落幕，祭典才叫做祭典。

反過來說，總有一天會落幕的通通可以叫做祭典。

既然如此——

連平凡無奇的日常，都是一場祭典。

我們的祭典再無其他。

大概，肯定是一生只有一次，應該要用一期一會形容的，擁有唯一性的最佳體驗。

曾經有人說過。

千葉的名勝是祭典和舞蹈。跳舞的傻瓜和看人跳舞的傻瓜，既然都是大傻瓜，不跳舞就 Sing a song。

真是句至理名言。

我輕笑一聲。

「嗯，現在就過去。」

前去迎接有壓軸歌手在等待我的祭典終場。

走向有她們在等待我的觀眾席，以見證最精采的高潮情節。

4 一色伊呂波若無其事、不著痕跡地擴展出未來的道路。

櫻花花瓣盤踞在中庭一角。

四月剛好過了一半。

隨著時間流逝，從枝葉縫隙間灑落的陽光，顏色也逐漸改變。每當樹木隨著宜人的薰風搖晃，耀眼的鮮綠色就會對逝去的季節揮手。

我看著已經冒出嫩葉的枝頭，按下自動販賣機的按鈕。

用不著特地看手邊的按鈕，手指也會自然按下同一牌的罐裝咖啡。我拿著咚一聲掉下來的咖啡，走向學校中庭的長椅。

沒人會為了兩堂課之間的下課時間，短短十分鐘的休息特地跑到室外。

此時此刻，中庭是只屬於我的比企谷八幡私人空間。過於私人，搞不好會以比企谷八幡的名義被徵收固定資產稅。稅金未免太貴了吧，我說真的……可不可以至少把消費稅調低？

我藉由表現對政治經濟的關心，慢慢朝千葉縣知事的位置前進，握緊MAX咖啡。

人生苦澀，至少咖啡要喝甜的……

我為等等能盡情享受甜美的滋味而感動不已，坐在長椅中央，獨自沉浸在喜悅中時，嘻嘻哈哈的談笑聲慢慢逼近。

看來有人踏進了我的私人空間。喂騙人的吧誰啦給我繳固定資產稅喔。我疑惑地看過去。

眼前是數名於走廊上行走的女學生。推測是上一堂課在別間教室上課，她們聊得非常開心，走向主校舍。

在那幾個人中，亞麻色的頭髮吸引住我的目光。

輕柔髮絲的角質層在陽光底下閃爍光芒，圓潤的大眼和小動物一樣可愛。制服也穿得有點鬆鬆垮垮，稍微捏住寬鬆毛衣的袖口的動作，就算已經看習慣了，還是讓人忍不住覺得可愛。

好吧，不只動作，她本身就很可愛。

一色伊呂波這個女生。

她在社辦和學生會辦公室的隨便態度，我已習以為常，所以很容易忘記，不過看到她跟朋友相處的模樣，我再度意識到這個事實。

看來她在新班級也過得不錯。太好了太好了……

或許是因為我站在親戚叔叔的角度看她的關係，好像不小心看得太認真了。對方也發現我的存在，與我四目相交。

一色沒有說話，張開嘴巴做出「啊」的嘴型。不，搞不好是「呃」。

然而，她臉上的驚訝只維持了一瞬間，一色立刻像要掩飾驚訝般微微一笑，舉起穿著過大毛衣，指尖只有露出一些的手，在胸前輕輕對我揮手。

那個偷偷摸摸，避免被其他人看見，彷彿有什麼小祕密的動作及微笑，感覺像幽會的暗號，導致我突然害羞到不行。

我不知道該如何反應，只能回以稱不上點頭致意也稱不上打招呼的注目禮。在我不知所措的期間，一色轉頭繼續跟朋友聊天，就這樣消失在主校舍中。

我看著她離開，吐出一口既沉重又憂鬱的嘆息，仰望天空。

剛才我該做出什麼反應？有沒有像在無視她？該跟著揮手嗎？不，那也滿噁心的。

點頭？點頭致意嗎？

如果只有一色在場是可以，但附近有其他人的話，行動模式會產生些許變化。還是該打哈欠裝沒看見？不管怎樣，光是會擔心這種事就夠噁心了！不行！一開始就無路可退！

我在變回我的私人空間的中庭閉上眼睛，不斷召開單人反省會。尚未打開，仍然握在手中的ＭＡＸ咖啡好像開始變涼時，我聽見腳踩在沙上的聲音。

「學長——！」

甜美的聲音輕快地呼喚我，我轉頭望向聲音來源。

冰涼柔軟的觸感瞬間碰在臉上。我嚇得整個人向後仰，理應已經走掉的一色伊呂波站在我旁邊。她露出淘氣的笑容，手上是印著「伊・呂・波・水」四個字的寶特瓶。可愛到我心想「我知道了，這傢伙是宣傳人員對吧？」怎麼回事好可愛。

「喔、喔……幹麼？怎麼了？」

我抑制住內心的驚慌，拐了個彎問她「妳不是回教室了嗎」。一色坐到長椅上，滿不在乎地說：

「我拿要去學生會辦公室當藉口，溜走了。」

「哦……」

嘴上這麼說，一色卻沒有要去學生會辦公室的跡象，反而把手中的寶特瓶貼在額頭上，疲憊地嘆氣。

「一說要去上廁所或買飲料，就會有一堆人跟過來。」

她邊說邊搖晃寶特瓶。看來那瓶「伊・呂・波・水」是為了跟朋友分頭行動才買的。

「哎，新學期就是這樣。大家都會集體行動。」

我應聲附和，一色也點了下頭，順便跟我拉近一個拳頭的距離。

「對呀——所以這種時候……能拿學生會當藉口很方便。」

「確實是那種時候能用的藉口，我懂我懂。」

在這所學校，學生會長是只有一色伊呂波擁有的屬性。因此想獨處的時候，只要搬出這個理由即可。原來如此，真的方便。

我頻頻點頭，一色對我投以冷淡的目光。

「你真的知道我在講什麼嗎？」

「知道知道。跟在外面討論事情的時候，如果要和初次見面的人走同一個方向回家，會因為太尷尬的關係扯出『啊，我等等還有事，先走了……』這種大謊試圖甩掉對方一樣。」

「唉，完全不一樣……」

她一副發自內心傻眼的模樣，嘆了一小口氣。輕輕把手放在胸前，身體稍微往旁邊靠，注視我的臉。

「我不是那個意思……」

稍事停頓後，一色將嘴脣湊到我耳邊，彷彿要跟我講悄悄話，輕聲呢喃。

「……是『這種時候』。」

明明沒有其他人在場，她卻刻意像在講祕密似的，用可愛的聲音在我耳朵上輕咬一下。

「原、原來如此，是那個啊。這種時候。好，所以，結果妳來幹麼的，怎麼了，有什麼事嗎？」

我將上半身向後仰，以逃避那股花香及害臊的情緒，高速胡扯出一連串話，一色也迅速離開。

「也沒什麼事……你不是在看我嗎？我以為你是要叫我過去。跟你揮手你又不理我。」

「要在那個場合做出反應太高難度了吧……要是我奇怪的舉動被朋友看見，說我們兩個有什麼關係，我會不好意思……」

「什麼？」

我裝出跟知名老遊戲的女主角同等級的可愛害羞靦腆模樣，一色卻一臉嚴肅。

嗯——世代不同所以她無法理解嗎？她沒有回我「學長你又沒朋友」，表情真的超級嚴肅。

之前也有過類似的對話呢——懷念之情油然而生，我吐出一口含笑的氣，一色則無奈地嘆氣。

「不過真的有那種人。沒事就不會講話的男生。反過來說，也有只是因為想跟人家搭話而硬找事情，設法找話聊的男生。」

「喂別再說了，也有只要給他一個契機就有辦法努力的人別再說了。」

我試圖制止她，一色卻聽不進去。

「考試範圍這種事幹麼來問我隨便找個朋友問不就行了，問完還想無限跟我聊下去，我當然立刻裝睡囉——？」

「閉嘴閉嘴別再說了。別再戳包含我在內的高中男生的痛處。有時小小的動作也能改變世界……我是這麼相信的……」

凡事都是如此。每天的推特能改變世界。拜託讓我改變世界啊……我想和妳一起創造奇蹟（註22）……

我凝視遠方在心中碎碎念，向上天祈禱。一色無言地看著我，接著露出無奈的苦笑。

「學長在教室也是這樣嗎？才剛分班耶。」

「對啊。不如說不只是我，升上高三後，基本上都是認識的人，不會有那種要積極建立新的人際關係的氣氛，所以不需要特別跟人說話。」

這只是我觀察下來的感想就是了。聽完我的意見，一色點點頭。

「原來如此……嗯，畢竟都高三了。」

「對啊，高三了……所以，取而代之的是其他問題。」

我十分嚴肅地補充，一色微微歪頭。她的脖子一往旁邊歪，亞麻色髮絲就順勢滑落，垂到雪白的喉嚨上。她用手指挑開落在抹了有色護唇膏的嘴唇上的頭髮，以無言的態度叫我說下去。

我緩緩抬起雙手，抱著胳膊，用十分沉重的語氣接著說：

「會有遇到什麼事都愛說『這是高中最後一次』的人，有點煩……」

註22 日本搖滾樂團 Sambomaster 的歌曲。

麻煩的在於這種說法未必是錯的。的確，連現在這個瞬間，都可以說是我高中生活的最後一次。

我可以體會凡事都想冠上「高中最後一次」這個形容詞的心情，不過若要套用這個道理，每天都會是紀念日。你是俵萬智（註23）對吧。

我的語氣好像在不知不覺間散發出非常不耐煩的情緒，在旁邊聽的一色也臉頰抽搐。

「啊——跟剛交往的情侶什麼事都會要紀念一樣……」

「對對對。」

「確實有點煩……把那種事發在社群網站上，除了邊想『嘖煩死了關我屁事』邊按讚外還能做什麼呢～」

「對、對對對……」

應聲應得很順的我瞬間語塞。這樣啊，伊呂波是心裡覺得很煩，還是會乖乖按讚的孩子啊。好溫柔……雖然我完全沒打算把紀念日的事發到社群網站上，我也得小心點，以免影響到別人的心情。

但我也是人。不是不能理解重視紀念日的心情。

註23　日本和歌詩人。第一本短歌集名為《沙拉紀念日》。

每個人都會有一兩個想記住的日子。即使是微不足道的平凡日子，對其他人而言也可能是無可替代的紀念日。

例如，生日就是最好的例子。

思及此，我拿起旁邊那罐一直放在長椅上的ＭＡＸ咖啡，遞給一色。

「要喝嗎？」

「什麼？呃，突然給人喝過的飲料是犯罪喔。」

一色迅速滑到長椅邊緣，雙手舉高到胸前，擺出完全防禦的姿勢。

「我又還沒喝……妳看？這全新的拉環。很美吧？這是沒開過的喔？」

我搖晃鐵罐，證明自己的清白。一色似乎也相信了，慢慢挪回原位。然後提心吊膽地伸出手，打算從我手中接過ＭＡＸ咖啡。

「喔，嗯，謝謝……那我就收下了。至於會不會喝，我有點沒自信……」

這孩子超級誠實……可是就算心裡不情願，仍然不會糟蹋他人好意的部分，我覺得很棒。

「生日快樂。」

我苦笑著說，讓一色握住ＭＡＸ咖啡。

然而，一色沒有回答。她茫然看著用雙手包覆住的ＭＡＸ咖啡。

「…………」

她錯愕地眨眨眼，只聽得見無聲的呼吸聲。

我用視線詢問她怎麼了，一色猛然回神，急忙開始整理瀏海。

「……原、原來你記得呀。你什麼都沒說，我還以為一定是忘記了。」

「因為我找不到時機說……」

我看到一色時跟她離太遠了，剛才有交談的時候又被寶特瓶攻擊嚇得沒那個心思祝賀……

再說，我不可能忘記一色伊呂波的生日。她一直動不動就會用神祕的方式暗示我，更重要的是，我加入的侍奉社這幾天都在聊這個話題。聽說今天放學後，所有社員要一同幫她慶生。

不過，雖說是因為有安排驚喜，連見面時都沒提到生日的話題，未免太不自然。像我這種敏感之王會立刻看穿「奇怪……今天是我生日，怎麼沒人跟我說生日快樂……哈哈我知道了，是要給我驚喜對吧？」然後就這樣結束一天，什麼事都沒發生。

現在先跟她祝賀的話，就能讓一色的注意力從對於驚喜的期待及懷疑上轉移開來。如此便能使驚喜的效果加倍。我這招真是太帥了……

在我獨自歡喜之時，袖子被人扯了一下。幹麼？我望向一色，她嘟著嘴別過頭。

「我可沒隨便到一罐罐裝咖啡就能打發掉。」

她用聽起來像在鬧彆扭的語氣咕噥道。

我明白。我也有準備禮物……我克制住說出這句話的衝動。這得留到放學後的驚喜派對。

她嘴上說著自己不是隨便的女人，卻沒有要把ＭＡＸ咖啡還給我的意思，而是收進西裝外套的口袋。

接著遞了另一個東西給我。

「……那個，這個，給你。」

「啊，謝謝。」

不好意思白拿您東西……我反射性點頭收下，是她一直拿在手中的「伊・呂・波・水」。

「……咦，為什麼？」

我將視線從寶特瓶移到一色臉上。她依然沒有把頭轉回來，意外老實地回答我的問題。

「交換……跟咖啡交換。」

原來如此，不懂。這孩子幹麼給我「伊・呂・波・水」？我送她MAX咖啡是因為今天她生日。但我完全想不到我拿人東西的理由。

「哦……」

在玩稻草富翁梗嗎？我盯著手中的「伊・呂・波・水」，一頭霧水，這時一色「嗯嗯嗯！」大聲清了下嗓子。

然後用力指著我，像要掩飾臉紅般鼓起臉頰。

「……這是交換！所以剛剛那個禮物不算！」

「咦咦……」

送禮有這種規則？回送就不算數？一色無視困惑的我，乾脆地接著說：

「所以，禮物下次再送……這週末如何？我不是滿閒的嗎——？」

「咦，啊，不，禮物我有考慮送別的……」

不如說預計放學後給妳……雖然很想這麼說，這是驚喜所以不方便明言，好煎熬！

我有苦難言，一色不曉得如何理解我的反應，揚起嘴角，坐在長椅上探出身子。

「禮物是藉口啦。」

她輕輕把手放在我肩上，另一隻手則放在嘴邊。接著將嘴脣湊過來，以甜美撩

人的聲音輕聲說道。

什麼東西的藉口？在我用這句有點爛的臺詞裝傻前，一色迅速跟我拉開距離，微微一笑，彷彿什麼事都沒發生。

上課鐘聲蓋過我的嘆息，一色也在同時站起來。她轉身走了幾步，回過頭，裙襬隨著這個動作於空中飄揚。

「我會期待週末的——！」

她揮著手說完便快步走向校舍，彷彿不用聽都知道我的答覆。

「喔、喔……」

我只能不知所措地對逐漸遠去的背影點頭，明知道她不可能聽見。

週末的時間就這樣被人約走了。

哎呀，不愧是伊呂波。

將買來的礦泉水完美回收再利用，還幫自己製造下一個機會，算我輸。別說放在手掌心上把玩，我都被妳玩到頭暈了……

這段一如往常的對話，不知道重複幾次了。

她的手法照理說跟之前一樣，卻有種更進步的感覺。

比之前更做作更可愛更聰明。

若無其事又不著痕跡，日常的累積。

那一個動作確實令我心生動搖，擴展出未來的道路。

所以，果然。

伊呂波太棒了……

5

然而，她們一定也會繼續犯錯。

春天即將結束，開始感覺得到初夏的氣息。

從空中走廊往下看，中庭的樹木枝頭也冒出了新芽，隨著清爽的微風搖晃。白色花瓣已然消失，稱之為葉櫻太過青翠的綠意變得更加鮮豔，入學的氣氛也終於穩定下來。

到這個時期，天生擅長交際，順利建立人際關係的人、想以高中為契機改變形象，順利高中出道的人、無法融入團體的人，以及刻意貫徹孤高作風的人，差不多該分出明暗了。

然而，誰是明誰是暗不可一概而論。

打個比方，即使有談話對象或能在體育課兩人一組的對象，也未必是幸福。

與某人建立關係，代表會接觸到對方心中的圍欄一角。

朋友關係不是只看那位朋友一個人，不管你想不想，都非得接觸「朋友的朋友」、「朋友的戀人」、「朋友討厭的人」等跟自己有段距離的人際關係。

總不能對跟朋友感情好的人不好，朋友有女友的話，多少會顧慮到，也很難跟朋友討厭的人打好關係。

明白這有多麼不自由的人，或許會說一個人更好，比較輕鬆。

像我在新班級也被困在圍欄的正中央。

由於座號是按照五十音排的，除了選修科目外，我幾乎每堂課都得跟葉山隼人排在一起，這真的很讓人頭痛。哪裡頭痛呢？常和葉山聊天的海老名也動不動就會跑過來，我非常頭痛。

沒有比交情不深不淺的人更難應付的存在。

不，葉山我稍微習慣了，所以還比較好。

我和葉山都會有話直說，打從一開始就不期望我們之間的交流會成立。就算因為沒在專心聽對方說話，導致沉默忽然降臨，我們也不會特別在意。

到頭來，我們只是擅自覺得自己理解對方，兩個人都在自說自話，因此對話幾乎等同於沉默。

這樣一想，某種意義上來說，跟葉山交談反而算輕鬆的。

……不過，在不經意之間跟海老名兩人獨處的時候，頭真的很痛。

我根本不知道海老名的地雷區在哪裡，她忽然沉默的話，會忍不住擔心「咦……我說錯話了嗎……」。只有這種時候會希望「葉山同學！快來！」。

好吧，多虧高二時的經驗，我多少知道要怎麼跟葉山和海老名相處。

問題是要如何應對葉山以外的人。

事到如今也不用多說了，葉山相當容易引人注目，成為班上的中心人物。

在體育課等容易突然沒事做的課程上，他經常在跟其他人閒聊，更遑論下課時間。

結果連因為座號的關係在他附近的我，都常被捲入其中。

不曉得是因為學期剛開始，大家鼓足幹勁想交新朋友，還是我們班全是親切的好人，他們特地為一輩子都是地藏時間，保持沉默的我著想，跟葉山聊天時還會順便扔話題給我。

老實說，跟名字和長相對不上的人進行純粹是為了排解尷尬的對話挺痛苦的，但我也不是冷血動物。不忍心糟蹋他人的善意。

因此，每當他們丟球給我，我都會跟工作一樣在最佳時機回答「不知道」、「不錯喔」、「沒聽過」、「沒辦法說明」、「沒錯」的三不三沒句型，藉由誰都會用的對話技巧勉強撐過去。

一旦使出這招，大部分的人都會覺得「聊不起來耶……」露出困擾的表情，無法成立對話，你們社交力是不是太低啦？能跟社交障礙患者交流才稱得上社交專家喔？出社會前要學會喔？

總而言之，我那節奏超爛的對話，往往會製造出跟空白區域一樣的沉默。而幫忙填補那段沉默的，就是葉山和海老名。

託他們的福，如今我在班上建立起「被葉山和海老名照顧的人」這個穩固的地位。

雖然我在分班轉蛋池抽了個不能重刷首抽的大爆死陣容，這個開場可以說比想像中順利。難度好低……

高中生活都進入第三年了，自然不會特別期待跟同學的關係。

只要平安度過，不要出什麼大差錯即可，是一種類似悟道的豁達境界。

可是，那僅僅是受過各種荼毒的世故之人的意見。

那些新生又如何呢？

想到這個，我忽然好奇起我妹比企谷小町的新生活。

今年春天，小町進入總武高中就讀，正式成為我的學妹，我卻不清楚她高中生活的全貌。

我們當然會在社辦見面，在家也會聊到，不過她在班上的角色就不是我能掌握的了。

春假時，她雀躍地穿著制服舉辦單人時裝秀，入學後也開心地跟我一起上學，最近那種興奮感則穩定下來了。

再嶄新的生活，隨著日子一天天過去，那股新鮮感也會在不知不覺間趨於平穩。

再加上高中生活會把人丟進同一個地方，每天跟同學見面，這樣一來記憶力再差都至少記得住名字，透過同學們聊天時所說的一字一句，或者下課時間的行動範圍，也能掌握每個人的棲息地。

過了一個多月，表面形象和在班上的地位都差不多可以看出來了，大部分的人際關係會開始固定。

小町的社交力極高，我不怎麼擔心，但身為哥哥還是會在意。

那麼，小町究竟過著什麼樣的學校生活呢？我一面心想，一面前往侍奉社。

拉開社辦的門，小町坐在裡面，撐著頰呆呆看著窗外。

桌上放著課本和筆記本，大概是在為下下禮拜的期中考做準備，或是單純的打發時間。不過自動筆並沒有握在她手中，而是孤單地躺在筆記本上。

聽見喀啦喀啦的開門聲，小町轉過頭，收起剛才無精打采的表情，對我展露微笑。

「喔——哥哥。」

「喔喔，妳來得真早。」

我邊說邊走向不知何時變成固定位置的座位。

「畢竟小町不來就沒人開門嘛。」

小町輕輕聳肩，吐出一口含笑的氣，拿起擱在桌上的自動筆，翻開筆記本繼續念書。

侍奉社重新整頓後，過了將近一個月。

接下社長之位後，負責開門鎖門也成了小町的任務，她可以說相當盡責。每次都是第一個到社辦，真的做得很好。

仔細一想，上任社長雪之下也都是第一個到社辦，看來那認真的個性成功傳給下一任了。

說到雪之下，我想起來了。

「雪之下和由比濱說她們今天不來。」

「嗯，小町知道。」

小町連臉都沒從課本上抬起來。

「啊，是喔……」

好吧，她好歹是社長，這種事應該都會通知她。小町沒問那兩個人缺席的理由，喀喀喀地用自動筆寫字。

哎呀，假如她問我她們倆今天為何不來，我會很傷腦筋，所以是沒關係啦。畢竟跟驚喜有關。

小町就任侍奉社社長約一個月。也差不多習慣這個新制度了。今天，雪之下和由比濱提議送小町禮物，慶祝她當上社長。

慶祝、紀念用的禮物直接送不就得了……我不是沒有這樣想過，然而，或許就是因為今天是平凡無奇的日子，驚喜才特別有效。

生日自不用說，每當節日到來，都會忍不住猜想會不會收到驚喜。退休的大叔也都會覺得自己能收到花束。

從這個角度來看，又不是剛好滿一個月，連小町都不可能料到會在這個時期收到禮物。

為了讓這場突襲發揮最大效果，關鍵在不能讓小町起疑。要是我們三個一起出去，小町肯定會懷疑是不是有什麼企圖。我是待在這裡做不在場證明的，避免小町懷疑。

因此，能省下我騙她的時間反而該慶幸才對。對象是小町的話，我不認為自己有辦法瞞過她。或者說，搞不好就是因為考慮到這一點，雪之下和由比濱才事先跟小町請假。

不管怎樣，雪之下跟由比濱因事缺席，今天的社團活動只有我和小町兩個。在寂靜的社辦中，自動筆的聲音聽起來異常響亮。

在家時我們兩個經常待一起，有時也會半句話都不說，純摸貓而已，此時此刻我卻十分在意這陣沉默。

或許是因為至今以來，我們沒什麼機會在社辦獨處。實在會緊張。講白了點，我有點難為情……拜其所賜，我平常明明完全不會念書，現在竟然打開參考書了。

我用頭按著自動筆，想效法小町來念書，流暢地於筆記本上寫下問題集的答案。

雖然很容易不小心忘記，不如說想要忘記，別看我這樣，我可是名考生。必須經常趁空閒時間準備考試。

這段時間，我和小町的自動筆發出輕快的聲音，譜出低調的合奏曲。

然而，我的手過沒多久就停下了。

我連在家的時候都不會跟小町一起念書，無論如何都會注意坐在斜前方的存在。

我用自動鉛筆的筆尖敲著筆記本，假裝在思考，偷偷觀察小町。

袖子有點長的西裝外套、解開第一顆釦子的襯衫、鬆鬆垮垮的領結。

我目不轉睛地看著入學過了一個月，總算看習慣的制服小町。

嗯……

仔細一看，這傢伙真適合穿我們學校的制服。明明是我妹，就算講得保守一點，還是宇宙可愛。

少女般的稚氣猶存，固定住瀏海的髮夾卻看得出她有一顆愛打扮的心，穿得有點亂的制服散發活潑的氣息，給人一種陽光開朗的感覺。

她在班上一定也很受歡迎。在男生大概會定期舉辦的「班上最可愛的女生大賽」中，應該會有「最受歡迎的當然是這個女生，比企谷小町」「她是我最看好的同學，希望她打起幹勁！」這樣的對話，在賽前風評得到三個◎。啥？什麼？你們在用那種眼光看我妹嗎？小心我殺了你們喔？（暗黑微笑）

小町不知道我腦袋裡在想這些，看著課本點頭，頭頂的呆毛搖來搖去。

她將垂下來的頭髮撥到耳後，順便把紅筆夾在耳朵上，拿螢光筆畫線。像要重新檢查一遍似的，用螢光筆抵著臉頰，微微歪頭。

這時，她大概是感覺到我的視線，瞥了我一眼。然後露出有點不悅的表情開口。

「幹麼？」

「沒事。」

我動動下巴表示否定。呃，真的什麼事都沒有。我想叫她把襯衫的釦子扣好，可是這麼囉嗦會被她討厭……

聽見我的回答，小町不滿地哼了聲，視線又移回課本上。

對話到此中斷，取而代之的是螢光筆的畫線聲、紅筆的畫圈聲，以及閒閒沒事做的我的呻吟聲。

親眼看見穿制服念書的小町，果然會好奇她在教室是什麼樣子。上課時也是這個樣子嗎？

我有種參加教學觀摩的感覺，當爸爸的心情湧上心頭。我咳了幾聲，翻開參考書。

「……在學校過得如何？」

我營造出嚴肅的氣氛，故作正經，說出口的話語卻過於簡單。細微的咕噥聲分不清是在跟誰說話，目光也沒有交錯。

動作及語氣都跟昭和時代，在餐桌前攤開報紙和青春期的兒子搭話的父親一樣……昭和時代的父親，社交力未免太低了吧？

當事人小町也當場愣住，接著無奈地露出淡淡的苦笑。

「這什麼問題。你是小町的爸爸嗎？是說，哥哥跟小町是同一所學校的吧。」

「沒有啦，就是，我們雖然會在社辦見面，妳在教室過得如何，我又不知道。」

把我跟老爸相提並論，我有點不滿，但我其實很想問「交到朋友了嗎？」或「交得到男友嗎？」這種有點深入的話題，被當爸爸也沒辦法！

然而，每當家人問到這類型的問題，我都會誠心希望「拜託別管我……」。真想稱讚克制住的自己。

或許是我的想法傳達到了，小町雙臂環胸，認真思考。

「嗯……這個嘛。」

她歪頭沉吟，不久後一口氣抬起臉，非常認真地回答。

「普通。」

「是嗎……」

嗯，也只能這樣回答。父母問的話，換成是我也會這樣回答。

要特地詳細說明以學校為主的交友關係太麻煩了，可是又不想害父母操心，而且面對面講這個會不好意思。

結果能用的就只有「還好」、「沒什麼」、「普通」三句話。

嗯嗯，我知道我知道。

明明知道，還是會擔心得忍不住詢問。此時此刻我才體會到，在過度干涉與不干涉的夾縫間搖擺的父母心。

以前她一有事就會嚷嚷著「跟你說跟你說！」「那個呀，小町今天……」向我報告，小町不知不覺也長大啦，都進入青春期了——我兀自感動著，小町正經八百地擺手。

「不不不，不是叛逆期。真的很普通。跟普通人一樣有朋友，跟普通人一樣跟得上課程，跟普通人一樣過得很開心。所以，嗯，普通？」

小町說話時的表情相當平靜，普通到了極致。她的神色及語氣，都看不出有在掩飾什麼或說謊的跡象。

沒有特別不平不滿或不安，應該每天都過著平穩的生活吧。搞不好就是因為太過平穩，才只能用普通一詞來說明。既然她這麼說，我也只能接受。

「喔，這樣啊……那就好。」

小町點了下頭。

「嗯。是說，只有哥哥一個人在叛逆期啦。小町會跟媽媽講學校的事呀。」

「哦……老爸呢？」

「嘿嘿嘿。爸爸很忙的。」

小町以可愛的笑容敷衍過去。

不過，這句話不全是謊言。事實上，我爸的確忙得沒日沒夜，跟我們的生活時間不太會重疊。至於假日，我和老爸都會睡掉一整天，結果只有吃飯時間會見到面。要說的話老媽也很忙啦。由於我的爸媽都擁有「社畜☆☆☆」基因，這樣下去我也會繼承這部分。

我瑟瑟發抖，小町清了下嗓子，伸手指向我。

「不如說，哥哥也不會跟爸爸說話吧。」

「哪有，我常叫他給錢。」

「咦咦……這不是比小町更過分嗎……」

我光明正大地說，小町整個人無言以對。但我身為沒辦法打工的考生，這也是無可奈何。

充分利用開銷大的身分，隨便找個買參考書或參加模擬考之類的理由要零用錢，是我現在主要的收入來源。

「可是我跟老爸的共通話題就只有這樣，沒辦法啊？」

「好可悲的父子關係……明明是父子還要特地找共通話題，這一點特別可悲……」

小町哀傷地嘀咕道，對我投以憐憫的目光。

「不，爸爸和兒子就是這樣吧，我猜啦。我只跟他聊過錢和EVA劇場版的感想。」

「嗯……這對父子感情比小町想像中還好……」

小町的表情前一刻還散發強烈的哀愁，現在卻轉為困惑的苦笑。甚至有點嚇到。

嗯，不能怪她嚇到……我和爸爸講感想的時候都只說得出「謝謝……」幾乎稱不上對話……兩個大男人看都不看對方一眼，凝視著空中，異口同聲地說「謝謝……」的畫面，其他人只會覺得恐怖吧。

好吧，先不說老爸，既然她有跟老媽講學校的事，應該用不著擔心。

跟小町自己說的一樣，過著普通、沒出什麼大錯、安然無恙、平穩順利的學校生活。

「……沒問題就好。」

「嗯。」

小町點頭回應，繼續面對課本。

我發呆看著她。

宜人的微風從打開來的窗戶吹進室內。

遠方的操場傳來運動社團氣勢洶洶的吆喝聲，以及七零八落的管樂隊演奏聲。看來每個社團都有新社員加入。放學後的旋律比以前更加參差不齊，感覺起來卻充滿活力。

現在雖然還只是不協調音，隨著時間經過，他們的呼吸肯定會開始同調，總有一天會轉為勾起懷舊情懷的美妙背景音樂。

我豎耳傾聽窗外的聲音，轉頭環視社辦。

安靜的社辦中，只聽得見自動鉛筆寫字的喀喀聲，以及偶爾發出的翻頁聲。

原來這間社辦這麼寬敞。我胸懷類似鄉愁的情緒，凝視坐在斜前方的小町。

只有我們兩個。

小町默默在沒有其他人的社辦中心看著課本，注意力十分集中。

跟我一年前在這間社辦看到的畫面類似。

於斜陽下看書的少女。

這副模樣讓我想到過去的她。

要是那一天，我沒被帶到這裡，她會不會至今依然獨自在這間社辦看書？

真是無意義的想像。

再怎麼想像假設性的事，時間又不可能倒流。

就算能夠重來，又沒辦法把這段記憶帶回去，既然如此，結果仍舊不會改變。

最後，我還是會被帶到這間社辦吧。

所以想像這個沒有意義。

不過，如果硬要找出其中的意義。

我的想像可以說在暗示小町未來的模樣。

我能待在這間社辦的時間所剩無幾。

剩下不到一年，就要畢業了。

我們離開後，這孩子是否也會像這樣獨自度過放學後平淡無奇的時間？

在沒有她們，也沒有紅茶香氣的這間教室。

想到那個畫面，胸口就緊緊揪起。

明知道這一天遲早會到來，我卻得等到看見小町獨自坐在社辦的模樣，才有真實感。

「小町。」

聽見我的呼喚，小町立刻抬起臉，一語不發，歪頭問我有什麼事。

「要不要招募新社員？」

我毫無前兆地說，小町一臉錯愕，眨眨眼睛。不久後，臉上流露出驚訝及困惑的情緒。

「怎麼突然講這個……」

「沒有啦，其他社團不是都有新人加入嗎……嗯，我想說我們這邊多個學弟妹也不錯。」

剛才不小心浮現腦海的想像害我很心痛——我開不了口說出這句話，只好支支吾吾地回答。

小町眯起眼睛，納悶地看著我。

「哥哥，你不是會嫌那種事很麻煩的類型嗎？像你之前對大志的態度就很隨便。」

「怎麼會。我並不討厭自己位居上位的上下關係。」

「好爛的學長……」

我挺起胸膛，小町整個人傻眼。

「不如說，大志是因為那個啦。比起學弟，他給我的感覺更接近川什麼的同學的弟弟或京華的哥哥。」

大志確實是我學弟，不過我在他入學前就認識他了，現在沒什麼學弟的感覺。假如我和他加入同一個社團，平常就會見面，親密度應該也會更新，能夠將他視為學弟看待，但目前我只把他當成企圖接近小町的蟲子。

……聽到我講那隻蟲子，小町又會嫌煩，所以我不會說就是了。

考慮到這一點，我將嘴裡的話吞回去，而這個決定似乎並不正確，小町依然納悶地看著我。

然而，聽見金屬球棒清澈的打擊聲和走音的小喇叭聲，她便將視線移向窗外。

「哎，小町也想過啦……」

然後輕聲嘆息。

看來用不著我擔心，小町也已經為未來思考過。太好了……我才剛放下心中的大石，小町就雙臂環胸，板著臉皺起眉頭。

「可是就算想招募社員，很難跟人解釋這個社團是做什麼的耶。」

「啊……真的。」

我也忍不住贊同。

實際上，在外人眼中，侍奉社八成是謎團重重的社團。

名為侍奉社，卻沒有在侍奉人——也就是當志工。最近的活動內容無異於學生會的承包商。偶爾接到的委託或諮詢也都是極其私人的案件，不方便跟第三者說明。如果跟棒球、足球、橄欖球類的社團一樣，有甲子園、國立、花園（註24）等明確的目標就算了，遺憾的是，從來沒聽過「煩惱諮詢世界大賽」這種東西。

「聽見侍奉社，只會覺得那是什麼社團。」

我想起以前準備聖誕節活動，跟折本佳織見面時，被她笑得跟什麼一樣，直接說出她當時的感想。

「嗯……除了活動內容外，其他還有很多啦……」

小町苦笑著說，點了下頭，重新打起精神。

「總之這是個麻煩——不如說特殊的社團，小町覺得不用勉強招人也沒關係。你想想，做不慣的話最後還是會走人嘛。跟哥哥的打工一樣。」

「喔、喔……嗯，說得也是……」

小町豎起食指晃來晃去，拜我這個實例所賜，這句話非常有說服力。像我這個等級的放鴿子專家，光是打電話約面試的時候，就能感覺出那個職場的工作氣氛，面試直接放人家鴿子。

註24　三者皆為全國大賽的舉辦地點。

再說，連能領到薪水的打工都有一堆人會無故曠職，沒錢拿的社團活動一秒退社都不奇怪。

再怎麼努力招人，人跑了就前功盡棄了。不如說考慮到招人耗費的成本，甚至有可能倒賠。

這樣的話，代表光隨便招人是不行的，還得努力讓社員不要退社。

真的是，聽說最近連各位社畜都在努力不讓新員工辭職……新人培訓時，人事部也會吩咐「請不要責罵新人」。比起那個，應該先檢討一遍業務體系和薪水吧？週休三日年薪一千萬日圓的話誰會辭職呢？

現在可不是想像我的未來的時候。

事關侍奉社的未來。

無關的第三者能否適應這個莫名其妙的社團，不確定性太高了。

既然如此，一開始就找適應這裡的人，或是有辦法適應的人更快。

即所謂的獵人頭。

「妳的朋友如何？有沒有想侍奉人的人？」

「咦咦……這是在徵女僕吧……是說，小町並沒有想侍奉人喔……」

小町發出「唔咦咦」的呻吟聲。

真巧，我也沒有半點侍奉精神。社長和社員都對侍奉毫無興趣，這個社團到底是什麼社團？

我沉思了一瞬間，小町也用手托著下巴思考。

「不過，朋友應該也沒什麼希望。跟小町感情好的人都有社團了，不然就是一開始就決定當回家社。」

「哦……現在這個時期，大家都已經加入社團啦。」

小町苦笑著聳肩。

「對呀。」

離入學過了約一個月。

體驗入社的時期也陸續結束，有幹勁的一年級生八成都朝自己有興趣的社團邁進了。

然而，侍奉社至今仍未出現來體驗入社或參觀的人。

開始籌辦聯合舞會後，我們一直忙得暈頭轉向，完全沒做任何招募新社員的準備，所以這也是無可奈何。說起來，我們根本沒料到侍奉社會繼續存在，又要怎麼去做準備呢。

雖然都過這麼久了，是不是做點什麼比較好？我絞盡腦汁，當事人小町卻悠悠哉哉的。

「唉唷，急也沒用，暫時維持現狀就行了啦。社員的問題小町之後再想。」

「是嗎？」

真的好嗎？小町點頭回應帶有強烈懷疑意味的這句話。

「嗯……而且，由小町獨占這間社辦也不錯。」

接著露出邪惡的笑容。

「喔喔……這樣一說，我有點羨慕了……」

「對吧對吧？在學校有個人房間耶，是VIP耶。」

小町得意地笑著開玩笑，彷彿要手舞足蹈。

可是，剛才想到的畫面不受控制地掠過腦海，害我在她的笑容上看到一抹寂寥。

嘴上這麼說，小町心裡的想法沒人知道。

但這個新侍奉社是小町創立的，要如何經營是她的自由。再一年不到就要離開的我，或許沒資格插嘴。

不過，可以的話。

我下意識望向社辦的門。

可以的話，希望能跟那一天一樣。出現門都沒敲，大剌剌地拉開那扇門的存在。

這是十分自私的願望。

那扇門卻突然搖晃起來。聽見聲音的小町也往那邊看過去，門緩緩拉開。清爽的薰風從窗戶吹向走廊。亞麻色髮絲隨著那陣風揚起，胸口的領結輕盈晃動。

一色伊呂波講都沒講一聲，就熟門熟路地走進社辦。

她反手關上喀噠作響的門，像要打招呼似地豎起兩根手指搖晃。

「辛苦了——」

小町見狀，露出無力的笑容。

× × ×

一色伊呂波是學生會長兼足球社經理。

若要更進一步地說明，她並非侍奉社社員。

妳卻動不動就跑來串門子呢……好吧，是沒關係啦。只要妳別帶超難搞的地雷案子過來。

那麼，這位小姐今天有何貴幹？我望向一色，她坐到不知何時變成她的座位的椅子上，環視社辦。

「……那個——雪乃學姊和結衣學姊呢？今天沒來嗎——？」

一色的視線落在空位上。

若是平常，雪之下和由比濱會坐在那邊，不巧的是她們今天請假。

「她們有事缺席。」

「對呀對呀，所以今天由小町和哥哥兩人值班。」

我回答，小町附和，一色用手抵著下巴沉吟。

「是喔……傷腦筋……」

「咦，怎麼了……有什麼問題嗎？」

該不會又是學生會強人所難的委託？我提心吊膽地詢問，一色露出燦爛的笑容，臉不紅氣不喘地說：

「沒有，我只是在想這樣就沒人泡茶了……」

「妳把雪之下當成什麼……」

這傢伙是不是把侍奉社當成咖啡廳……我擺出一張臭臉，一色敲了下額頭，還順便對我拋媚眼，吐出舌頭笑著說：

「開玩笑的♪」

討厭，這孩子做作得可愛～！事到如今，這種程度可騙不了我。好吧，是很可愛……是很可愛沒錯，但這跟那是兩回事，我必須詢問一色的來意。哎呀，真的很可愛喔？

「啊，那今天小町來泡茶。」

「謝謝小米～☆」

一色滿足地笑出聲，小町說著「不客氣」從座位上站起來。

話說回來，小町的綽號已經固定成小米啦……我之後也來叫她小米好了！可是我們家的小米不會叫我哥哥大人。（註25）

在我思考之時，小米俐落地泡著茶。

然而，只是呆坐在這邊等人送茶上來也不太好。我望向一色，催促她說明來意。她剛才都說自己在傷腦筋了，八成又遇到了麻煩。

一色感覺到我的視線，清了下嗓子。

「姑且算是為工作而來的。有點事想跟你們商量……」

她豎起食指抵著下巴，歪頭嘆息。從語氣及動作來看，推測是在猶豫該不該開

註25 指《賽馬娘 Pretty Derby》中的角色米浴。米浴對玩家的稱呼是「哥哥大人」或「姊姊大人」。

口。

一色接著望向空位。

嗯。雖然不知道她要跟我們商量什麼，一色似乎希望雪之下和由比濱也能在場。那只能請妳改天再來了……我還沒開口，小町就被激起興趣。

「哦，商量嗎？」

小町兩眼發光，充滿幹勁。

侍奉社就是用來給人商量煩惱和委託的。說不定是因為終於有像樣的工作可以做，她才這麼有幹勁。

小町迅速做好泡茶的準備，按下熱水壺的開關，急忙回到原本的座位上。

然後面向一色，用手背撥開垂在肩上的頭髮。

呃，妳頭髮又沒長到要用手撥開……我如此心想，小町又撥了兩、三次頭髮，露出十分冷靜的微笑。

「那麼，願聞其詳。請坐。」

然後用同樣故作冷靜的語氣說道，以手勢叫一色入座。一色目瞪口呆。

「不不不，我已經坐下了……是說，這是在模仿雪乃學姊嗎？哈哈，完全不像……不對，有那麼一點像。」

小町又撥了下頭髮，彷彿要將一色的乾笑撥開，將手放在嘴角。

「小町只是在拿出社長的風範好嗎？並沒有模仿雪乃姊姊好嗎？」

「對對對。她超說『好嗎』的。」

過於誇張的雪之下雪乃模仿秀，令一色指著小町噴笑出來。

嘿～？別這樣啦～？這樣不太好啦～

本想走辣妹路線叮嚀她們，所謂的後輩就是會趁前輩或上司不在時，拿他們當茶餘飯後的話題。

阻止她們太不識相了，走辣妹路線阻止她們也很莫名其妙。

不過，要適可而止喔……這場模仿秀被本人看見的話，她會生氣的。不對，她鬧彆扭的感覺也滿有中毒性的……

在我思考的期間，兩人仍在暢談學姊模仿秀。

「咦——那我來練習『嗨囉！』好了。」

「喔——！真想看看伊呂波學姊全力的『嗨囉！』～！光這一幕小町大概就能笑得很開心。」

「……等一下？笑得很開心這說法是不是有點奇怪？妳把我當成笑話看對不對？」

「不不不沒噗噗——！這回事。」

「完全把我當成笑話看了……」

她們聊著這個話題。就算一色用「嗨囉——！」打招呼，我想由比濱也不會生氣。

然而，那是因為由比濱和一色之間有著信賴關係才能這麼做。換成感情不怎麼好的人，例如材木座或遊戲社的話，她會照常發怒。會用超低沉的聲音說「別這樣」，一副真的生氣的樣子！

……不是，這樣也不錯啦？偶爾顯露的真心生氣的模樣，有點中毒性。我好像一直在中毒。

總而言之，自己不在場的時候被人拿來開玩笑，也可以說是一種被愛的證據。這個說法很容易被拿來當說人壞話的藉口，但就我看來，目前還處於嬉鬧的範圍內。兩位學妹都很仰慕雪之下跟由比濱呢。

這時，熱水瓶發出咕嘟咕嘟的聲音，水燒開了。

小町拿起熱水瓶，哼著歌泡茶，熟悉的香氣慢慢隨著熱氣擴散開來。

等待茶葉泡開的期間，小町拿出我的茶杯和兩個紙杯。雖說雪之下跟由比濱不在，小町似乎沒打算用她們的杯子。

小町拿著茶壺，迅速將紅茶倒進茶杯和紙杯（因為是在倒茶嘛）。（註26）

「來，請用。」

「喔，謝啦。」

我感激地收下小町遞給我的茶杯，先喝了一口。

嗯，今天也很有精神，茶真好喝……（註27）

我喝得津津有味，一色的反應卻不怎麼好。她喝了一口又一口，仔細觀察紙杯的水面，彷彿在確認什麼。

「嗯……」

「呣，奇怪的反應。有什麼問題嗎？」

意味深長的嘆息使小町皺起眉頭。一色揮揮手說道：

「沒有啦……我只是覺得雪乃學姊很會泡茶。」

「啊……跟雪乃姊姊比的話，實在贏不了……」

小町嘆出一口氣舉白旗投降，接著點頭表示同意。但我不僅沒有同意，頭上還

註26「茶」與「迅速」日文同音。

註27 改編自街機遊戲《變身公主》中的歌曲〈Vira vira virou！〉的歌詞「今天也很有精神牛奶真好喝」。

冒出問號。

「咦？味道差那麼多嗎？」

我又喝了一口，品茶。將熱茶含在口中品嘗滋味，於舌頭上擴散開來的就是紅茶味。換成烏龍茶或綠茶，即使是我也喝得出來，不過紅茶怎麼喝都是紅茶。

咦咦……搞不懂……差在哪？我望向泡紅茶的當事人，小町苦笑著聳肩。

「茶葉是用一樣的沒錯啦……」

然後，她用手抵著下巴開始思考。

「……果然是差在那個吧。」

「哦？有什麼差別嗎？」

我問，小町露出神祕的笑容。

「哎唷，料理是愛情的表現嘛。」

嗯～！這樣聽起來像這杯茶裡沒有愛一樣～！好吧，小町剛才的動作確實簡單又迅速，搞不好可以說是隨便。她經常下廚，所以我還在想說「不愧是小町，動作真的很熟練～」……難道她平常做菜就沒有愛了？

「不不不，純粹是技術上的差異。雪乃學姊花了很多心思在泡耶。」

我忍不住懷疑小町的愛，一色從旁否定。

「喔——這樣啊……」

經她這麼一說，我試著回憶雪之下泡紅茶的模樣，卻不太想得到她把心思花在哪裡。我知道她的動作很細心，可是雪之下的一舉一動本來就優雅俐落，不僅限於泡紅茶的時候……

不過在懂的人眼中，差別應該是顯而易見。

一色拿著紙杯，又喝了一口。

「雪乃學姊的喝起來是『紅茶！』的感覺，小米的卻是『茶……』的感覺。有種在家喝的味道。」

「不就只有語氣有差……雖然我大概能明白。」

我在家也是喝小町泡的茶，所以真的有家的味道。講好聽點就是令人心安的純樸感……

明明沒有明確批評她，小町本人卻有點不知所措。

「是說，那是印象的問題吧……」

小町帶著無言的苦笑說道，一色點頭附和。

「這也占了一部分原因啦。」

「那小町還能怎麼辦……」

小町哈哈乾笑，露出放棄掙扎的表情。跟講出「這句話一講出來就玩完了」那句臺詞的阿寅一樣聳聳肩膀。（註28）

因為我們家是庶民家庭嘛……味道自不用說，動作和氣質都會隱約散發出一股家庭味，也是無可奈何。和上流的雪之下家根本無法比。

然而，小町的魅力就是在她的家庭味，那正是她能成為「世界之妹」的原因。用不著我極力主張，一色似乎也明白這個道理。她說著「是沒錯～」頻頻點頭。

可是，她的脖子忽然停止動作，似乎想到了什麼。

她接著面向小町，用手背撥開垂在肩頭的頭髮。

呃，妳頭髮又沒長到要用手撥開……等一下？怎麼有股既視感？我才剛這麼想，一色又撥了兩、三次頭髮，用那隻手按住太陽穴，然後無奈地嘆氣，輕輕搖頭。

「哎呀，怎麼能這麼說？小町，既然要模仿我，請連紅茶的泡法也一起模仿好嗎？」

一色得意洋洋地展露微笑。

我和小町立刻忍不住噴笑。由於我們試圖克制住，不小心發出超奇怪的聲音。

小町沒能忍到最後，大聲爆笑，笑了一陣子，拭去眼角的淚水稱讚一色。

註28　電影《男人真命苦》的主角車寅次郎的名臺詞。

「伊呂波學姊，厲害～！有像有像！」

聽見她的稱讚，一色得意地挺起胸膛。

「對吧？模仿雪乃學姊的關鍵就是這個跩樣。」

「別說人家跩啦……」

本人並沒有那個意思。

……真的嗎？她偶爾會超級愉快地擺出一副「哼哼我說出來了」的態度。好吧，我並不討厭那種得意的感覺，甚至覺得挺可愛的，希望她之後也繼續得意下去。那個跩樣應該也是她受到學妹喜愛的原因之一……

望向那兩位學妹，她們都在練習模仿，撥開頭髮抬起下巴，露出得意的微笑。笑得不亦樂乎。

不久後，模仿大賽似乎以一色的勝利作結，小町拚命拍手，用力點頭，彷彿在說「妳這人挺行的嘛」。

「哎呀——模仿果然要帶有惡意比較像。不愧是伊呂波學姊。」

「我才沒惡意！」

一色瘋狂拍桌，強烈抗議小町這句話。小町卻只是疑惑地歪過頭。

「沒有嗎？」

她對一色投以天真無邪到有點假的眼神，藏不住的愉悅在眼底若隱若現。

「沒有！這孩子到底把我當成什麼了……」

一色呻吟著瞇眼望向小町。

小町無視她的視線，手放在臉頰上扭動身軀，發出故意拖長的甜美聲音。

「咦咦～可是～伊呂波學姊～不是一直都是這種感覺嗎～？人家覺得挺像的說～」

「這個這個，這才叫帶有惡意的模仿。學長，這孩子道德觀崩壞了。」

一色向我抗議，但她好像一眼就看出那個完全不像的模仿秀是在模仿自己，不屑地說道。

可是，小町似乎很滿意自己的表現，開心地嘿嘿笑著。是在高興一色有看出來嗎？討厭這是什麼好尊喔……這樣一想就覺得剛才的對話也有點溫馨……

「嗯嗯，有惡意果然會比較像！」

才剛這麼想，結果她真的帶有惡意的樣子！小町滿足地嘆息，一副大功告成的態度。

「我就說不像了……」

一色則吐出參雜無奈與心死的嘆息。

然後偷偷瞄向我。

「不像吧？」

我拿出自信開口。

「對啊。不夠做作啦，不夠做作。」

「這樣幫我說話我一點都不高興……」

聽見我堅定的回答，一色無力地垂下肩膀。我覺得這句話滿有說服力的啊……

「不如說，我又不做作。」

她鼓起臉頰別過頭。

「呃，這就叫做作吧……這人真厲害……難道她做這種事的時候都沒自覺……」

一色的舉動令小町不禁感嘆——或者說驚愕萬分。然而，我不得不說她的看法有點膚淺。

我清了下喉嚨，把手肘放在桌上，擺出源堂姿勢，然後低聲大喊。

「小町，這妳就錯了。」

大概因為我的語氣太嚴肅，小町跟一色都驚訝地望向我，眼神帶有一絲緊張。

在兩人的注視下，我彷彿要談論要事，正經八百地接著說：

「一色知道自己很做作，但她的做作不只是做作。她以做作為基礎，卻沒有讓它表現出來，而是像『我知道我很做作，不過這就是我』一樣，抱持某種豁出去的心態……」

我停頓了一下，醞釀足夠的情緒，說出最後一句話。

「……也就是不諂媚他人的做作。」

我搭配含笑的吐息聲下達結論，靜寂瞬間降臨。

接著是小町驚恐的聲音。

「哇，這人講好多話……不過小町不是不能認同，所以就不跟哥哥計較了。」

小町用力點頭，一副深有同感的樣子。

「對吧？那就是一色的優點。」

「懂懂懂。盡全力裝可愛的態度很帥。」

「沒錯。」

我和小町的「說出喜歡一色伊呂波的哪一點大賽」，在意料外的情況下揭開序幕。

伊呂波的優點還有很多喔～！

好，接下來要打出哪張牌呢～！外表自不用說，而且當面講這個，稱讚人的那一方也會不好意思。我想狂誇她的精神層面和內在。既然如此，果然是那個吧，跟他人拉近距離的獨特方式很讚。對於沒興趣的對象會徹底無視，變熟後就會來主動搭話，給人一種彷彿在跟野生動物互動的溫馨感。

我正準備侃侃而談，忽然有人拉了下我的袖子，打斷我說話。

轉頭一看，一色低著頭瑟瑟發抖。

「那、那個……拜託別再說了……我真的很難為情真的受不了……不如說，才不是那樣……」

一色滿臉通紅，高速碎碎念。不停用手掌往臉上搧風，深深嘆息。由於她的視線落在腳邊，可以清楚看見從亞麻色髮絲底下露出的耳朵變紅了。

被人毫不掩飾地稱讚，真心害羞的一色十分珍貴……害我忍不住一直盯著看。

小町似乎也一樣。她刻意彎腰注視她的臉，大概是想仔細觀察一色的模樣。

一色別過頭，想從她的眼底逃離。

小町看了大笑出聲。

「不不不，是真的嘛。伊呂波學姊是很棒的人。無論其他人的反應如何，都決定要貫徹自我……這可不容易。某種意義上來說，反而令人尊敬。哎呀，真的很帥……」

「別說了別說了喂米給我閉嘴。」

小町閉上眼睛，像在談論憧憬的對象般把一色捧得高高的。一色拚命阻止她，但不管她怎麼搖晃小町的肩膀，小町都沒有要閉上嘴巴的意思。

「擁有被誰討厭都無所謂的堅強心靈！別人怎麼講自己都不在意的生活態度！超帥的！」

「……有所謂好嗎我會在意啦。」

看見小町講得這麼激動，一色半是困惑半是驚恐。小町卻毫不理會，伸出拳頭，繼續高聲稱讚她。

「不受他人影響的意志！不把負面傳聞和偷偷說自己壞話的人放在眼裡！不愧是伊呂波學姊！就是這點讓人崇拜讓人憧憬！」

「不不不，被討厭還是會難過喔？聽見自己的負面傳聞或壞話，真的會很沮喪喔？」

一色在胸前擺手，將小町所說的話全數推翻。小町輕輕把手放在胸前，陶醉地閉上眼睛，假裝沒看見，接著說道：

「小町一直覺得，就算被人討厭還是堅持貫徹自我的伊呂波前輩好帥喔……」

「等等？可以不要把我塑造成那個形象嗎？可以不要營造出對象是我的話討厭也無所謂的感覺嗎？」

「小町很尊敬伊呂波學姊的這部分。」
「米，聽人說話。我想受到別人的喜愛，超想被愛的。怎樣小米妳討厭我嗎？」
一色悶悶不樂地問，小町歪頭思考。
不過，她立刻滿不在乎地回答：
「某種意義上來說伊呂波學姊的那部分反而真的意外地讓人滿喜歡的。」
或許是因為她順口說出拐了好幾個彎的回答，一色眨了兩、三下眼睛。然而過沒多久，她似乎察覺到了那句話的意思。
她緊緊閉上張大的嘴巴，發出含糊不清的咕噥聲，不停整理瀏海。
「哦、哦……是嗎……」
小町笑咪咪地看著她。
我則帶著冷酷又成熟的紳士微笑守望兩人。
內心卻在為這尊貴的畫面啜泣。哎呀～真好～討厭，平常最擅長捉弄人的伊呂波妹妹，今天被擅長捉弄人的小町妹妹騎到頭上了。
小町大概有一部分是想惡作劇才這樣逗她，不過，應該也不全然是開玩笑。她說的並沒有錯。一色確實擁有無論其他人的反應如何，都會貫徹自我的帥氣風範。
另一方面，跟一色本人說的一樣，被人說三道四會難過也是真的吧。但在消沉、煩惱過後，最後仍會展露最可愛的微笑，正是一色的帥氣之處。

糟糕，這樣下去要召開第二屆「說出喜歡一色伊呂波的哪一點大賽」了。下次我一定要贏……

我燃起雪恥的鬥志，一色清了下嗓子以掩飾害羞，把紙杯推到前面。

「……再一杯。」

她喃喃說道，手邊的紙杯已經空空如也。

剛才還在那邊說小町泡的紅茶有庶民味、家庭味，結果還是喝得一乾二淨。

小町見狀，開心地笑了。

「好的！」

她急忙拿起茶壺，勤奮地幫一色倒滿第二杯茶，一色小聲說了句「謝謝」。

我看了馬上開始思考第三屆「說出喜歡一色伊呂波的哪一點大賽」執行委員會的成員。

×　×　×

喝了紅茶，吃了點心，恢復精神後，我忽然想到。

說起來，一色不是有事才來這邊的嗎？只不過因為侍奉社模仿大賽和「說出喜歡一色伊呂波的哪一點大賽」的關係，害我們舉辦了一場瘋狂茶會。

「一色。」

「嗯？」

我呼喚一色，她嚼著配茶吃的餅乾，正準備再拿一片。

「妳不是有事找我們商量嗎？」

她的手瞬間停住。

「啊。」

「啊。」

一色和小町都露出「我全忘了……」的表情。我也忘光了，所以完全沒打算責備她們。

她默默將伸向茶點的手縮回去，放在大腿上撫平裙子的皺褶，挺直背脊，重來一遍。

「姑且算是為工作而來的。有點事想跟你們商量……」

她豎起食指抵著下巴，講出跟剛才同樣的臺詞。

「哦，請說。」

不過，小町這次也學乖了，並沒有模仿雪之下，而是認真催促一色說下去。

一色點頭回應，雙眼卻依然落在今天缺席的雪之下和由比濱的座位上。

「其實最好等雪乃學姊和結衣學姊也在的時候講……」

「那可以改天再說。下禮拜也行下下禮拜也行下個月也行。好不好？」

我望向小町，小町也點頭贊成。

「……哥哥非常想把事情拖到之後再處理。妳覺得呢？」

「喂？可以不要精準地解說我的意圖嗎？」

討厭！妹妹在同一個職場的話就不能用平常的方式逃避工作，傷腦筋！妳都先拆穿我了，我之後再怎麼解釋都沒用吧？

出乎意料的是，一色好像沒有很在乎，不耐煩地甩手。

「啊——沒關係沒關係。反正又不是一天兩天的事。」

討厭！看來一開始就註定不管我怎麼解釋都沒用！好吧，畢竟我和一色也認識一段時間了，看來她很清楚我會講出什麼話。

事實上，她正帶著從容不迫的微笑。

「而且我也知道這種時候要怎麼處理。」

語畢，一色咳了幾聲確認喉嚨的狀態，端正坐姿。喀噠喀噠地挪動椅子，坐到我正前方面向我。

「學長……」

然後用微微顫抖的纖細聲音呼喚我。抹了有色護唇膏的嘴唇散發淡粉色的光澤，呼出熱氣，水汪汪的大眼由下往上凝視我。

「……不行嗎？」

她輕聲說出斷斷續續的話語，用顫抖著的手指揪住我胸口處的制服。語氣、動作及表情都蘊含強烈的情緒。

人家這樣拜託我，我實在不好意思置之不理……

在我畏畏縮縮的期間，一色的態度瞬間一變，露出瞧不起人的笑容。

「看，這樣就搞定了。」

「喔～」

一色挺起胸膛炫耀，小町在旁邊鼓掌。我只能忿忿不平地說：

「不是，妳太小看我了吧。我已經習慣了，妳那個態度未免太隨便……是不是認真的，我不至於看不出來啦。」

雖說已經習慣，不代表不會緊張就是了！

我將這樣的想法藏在心中，擺出一張臭臉。

一色聞言，瞇起那雙大眼，臉上得意的微笑瞬間轉為冷淡的表情。

「哦。」

她語帶懷疑，彷彿在說「難講喔……」接著似乎想到了什麼，嘴角浮現誘人的微笑。

接著，她伸手抓住我的袖口，把我拉過去。在上半身歪向一旁的我耳邊輕聲呢喃。

「……我可以拿出真本事嗎？」

細不可聞的聲音性感甜美，不只耳朵，連背脊都一陣酥麻。我因羞恥而仰起上半身，望向一色的臉，她將指尖抵在嬌嫩的唇上，嫣然一笑。

我微微搖頭，甩掉那像在測試我的眼神。

「不要不要好可怕我會聽妳說的所以拜託住手。」

我快速說道，以掩飾害羞。一色大概是滿足於我驚慌失措的模樣，放開我的袖子挺起胸膛，對小町露出勝利的笑容。

「妳看。」

「哥哥超好對付～」

小町不屑地看著我。不是，誤會。我跟一色之間完全沒有什麼，只是耳朵啊？

我耳朵有點敏感……

若我一面解釋一面表明性癖，小町的眼神八成會從不屑變成輕蔑。

我趁閃避小町眼神的時候，順便活動脖子和肩膀。

「是說妳到底有什麼事？」

我重新開啟話題，彷彿剛才的對話從來沒發生過。一色抱著胳膊思考該如何說明，把手抵在下巴上沉吟。

「詳情等雪乃學姊和結衣學姊在的時候再說，我先做個事前說明。」

「是嗎？」

事前說明，聽起來不太妙……

聽說在社會人士的圈子裡，「事前說明」往往是無法防禦的死亡旗幟。

起初明明是用「下個月有空嗎？說不定會有事麻煩你幫忙。不過我想應該沒問題啦～」這種輕鬆的態度吩咐人，之後淪落到走投無路的狀態時就會突然塞案子過來，罵人「我不是叫你下個月要空出時間嗎？」。

不過，我都問她有什麼事了，總不能不聽那個事前說明。我單憑視線叫一色繼續說。

一色輕輕點頭，開口說道。

「其實暑假——」

「這忙我不幫。」

「哥哥好快！太快了！拒絕的速度快得嚇人，小町以外的人大概會漏看。」

我那預測出她要講什麼再搶先一步拒絕的神速反應，嚇得小町大驚失色。

因為，暑假太強人所難了吧……有沒有看到「假」這個字？而且我好歹是考生。在人稱關鍵時期的這個夏天哪有空管其他事。我本來就都沒在念書了！

然而，一色大概也明白我的苦衷，乾脆地點頭。

「沒關係，我不缺人手。就算是我也沒殘忍到暑假把三年級叫出來做事。」

「啊，是喔……」

一色在胸前擺手否認……真的嗎？妳挺殘忍的吧？我疑惑地看著她，一色悶悶不樂地說：

「真的啦。連那個副會長我都沒打算叫來。」

「哦……」

連一色伊呂波受害者協會的一號受害者副會長都能逃過一劫，應該多少可以相信……這樣就能放心聽她說明情況了。

「所以，妳要做什麼？」

「之後有場辦給想入學的人聽的學校說明會。可是說明會會由校方舉辦，學生會只是幫點忙而已。」

「學校說明會啊……」

我表面上在應聲附和，實際上卻沒什麼頭緒。為了確認，我詢問小町：

「我們學校辦過那種活動嗎？」

小町的反應卻很平淡。她面露疑惑，望向上方，接著想了一下，搖搖頭。

「誰知道？有辦過嗎……」

「咦咦……妳不久前還是考生吧……」

「是沒錯，但小町又不會去說明會……是說哥哥三年前也是考生吧。」

「那麼久以前的事誰記得……」

關於國三暑假的記憶，我只記得補習班的暑期課程。

這所學校也是因為感覺考得上我才去考的，我就是這麼不在乎這件事。怎麼可能會去說明會這種沉悶的活動。

不對，如果說明會跟傳聞中的求職活動一樣，想入學就必須參加，自然非去不可。或者像實習那樣，附帶之後面試時會比較有優勢的特典，就另當別論。

然而，正經八百又沒深度的說明會，我可敬謝不敏。

再說，說明會這種東西認真聽的人還比較罕見。

家電也是，多數人都不會仔細看說明書。大家幾乎都是憑感覺操作一下，說著「……原來如此，我大致上明白了」，結果有八成的功能都沒利用到。我也不例外，昨天才知道我家的滾筒型洗衣機有空氣熨斗這個神祕的功能（因為是昨天的事嘛）。（註29）

我們狀況外的反應好像也在一色的預料中，她聳了下肩膀，一副死心的樣子。

「嗯，就是這樣囉。我自己也沒去。所以，基本上好像要以家長為對象……」

一色深深嘆息，無奈地聳肩。

「但好像也有國中生會來，必須為他們做準備。」

「準備呀。要做什麼？」

小町眨著眼睛問，一色不耐煩地點頭。

「介紹一下我們學校是這樣的地方，還有實際帶他們參觀校舍之類的……剩下就是自由發問時間？」

或許是活動內容尚未確定下來，一色手指抵著下巴邊想邊說。

我邊聽邊隨口應聲，隱約掌握了學校說明會的概要。

註29「昨天」與「功能」日文同音。

尤其是參觀學校，實在很好想像。

對國中生而言，光是踏進高中應該就是一場小型活動，他們會很高興吧。至少如果我是國中生，會滿興奮的。

稍微想像一下吧。Let's imagine。

——暑假。

快要把人烤熟的高溫，晒得柏油路冒出熱氣。

金屬球棒清脆的敲擊聲傳得遠遠的，蟬鳴大聲到刺耳的地步。

校舍中的環境則截然不同，靜寂無聲，甚至有點涼快。

無人的校舍。安靜的走廊。

亂掉的夏季制服，輕薄的裙子。

可愛的學姊走在我前面。

她在參觀學校的途中問我為什麼想進這所學校就讀，我回答「因為離我家最近」，學姊傻眼地笑著說「這什麼理由」。

然而，在我們即將分別的時候。

她輕輕拉住我的袖子，撫上我的肩頭。

「……我等你。」

在我耳邊呢喃，對我微笑——

…………嗯，不錯。讚。讚。我是不是也能參加那場活動？

我完全沒有顯露出腦袋裡在想這些事的跡象，低聲沉吟，彷彿在表示「我在深思熟慮」。哎呀，讚……真的讚……嗯——讚……

「是那個對吧。簡單地說，跟校園開放日一樣。」

「啊，就是那種感覺。」

一色將抵著下巴的手指朝向我。

原來如此。校園開放日的話，我大概可以想像。

先不說家長，我不認為國中生會專心聽老師在體育館或禮堂的講臺上，熱情說明一堆跟學校有關的事。

國中三年級，也就是十五歲這個年紀，會騎著偷來的摩托車狂飆，晚上跑去學校把玻璃窗通通砸碎。既然如此，實際帶他們參觀校舍，告訴他們比較好砸的玻璃窗在哪裡，應該更能吸引學生對本校的興趣。

我自認很有道理，坐在斜前方的小町也兩手一拍。

「喔喔！校園開放日！這麼說來，小町有聽說過……」

「小米，原來妳知道呀？」

小町緩緩抱住胳膊咕噥著，一色對她投以銳利的目光。小町鄭重其事地點頭，翻開手邊的筆記本。

「是的。校園開放日（Open Campus），那是能打開筆記本的魔法咒文……」

「並不是。」

一色立刻板起臉擺手否定，冷冷回答，小町摸著呆毛嘿嘿笑著，彷彿在說「我想也是——」。

討厭！小町妹妹真調皮！看妳這麼可愛就原諒妳，不過如果妳是認真的，可能得在那本 Campus 筆記本上寫一輩子反省文喔☆

「沒有啦，小町大概知道。只是不曉得具體上是怎樣的活動。」

她邊說邊偷看我，用視線訴說「所以是怎樣啦」，要求我說明。行，我來告訴妳。

「所謂的校園開放日……嗯，簡單地說，就是大學或專門學校的參觀活動。體驗課程、試吃學校餐廳、參觀研究室……還有介紹社團？會做這些事的樣子。」

小町聽完為我鼓掌。

「喔~不愧是考生。」

「還好啦。」

我冷冷一笑，其實我也沒真的去過。

可是到了高中三年級，身邊的話題都會逐漸跟考試扯上關係，自然會聽見那方面的情報。偶爾會有那種樂於跟你分享詳細情報的人，例如「某所學校的開放日好像不錯喔」、「對了，你有沒有聽過那所大學的傳說？」。你是戀愛遊戲裡面的男性朋友嗎？

我秀著聽來的知識，一色在旁邊附和。

「體驗課程和試吃辦起來有困難。不過我有打算帶他們參觀一遍學校和介紹社團。」

「哦——不錯啊？我覺得啦。」

「哇，好隨便的回應……」

小町無力地說，但我真的沒有其他想法。再說，會特地來參加學校說明會這種嚴肅活動的超有幹勁組，辦什麼活動他們都一定會開心啦。再加上有可愛的學姊擔任嚮導幫忙介紹，男生八成會喜不自勝，女生則會心生嚮往吧。

所以，不錯啊？我想得很樂觀，一色卻面帶愁容。

我有點擔心，用視線問她怎麼了，一色猶豫著嘆了口氣，露出有點困擾的表情。

「然後啊，要做介紹社團用的資料……」

她稍事停頓，瞄了小町一眼，下半句話卻是面向我說出來的。

「侍奉社要怎麼辦？」

「什麼怎麼辦……」

我反射性含糊其辭。

一色露出淡淡的苦笑，我卻從她的眼神中看出她是認真的。被她目不轉睛地盯著看，迫使我不得不思考那個問題的意義。

那恐怕不只是工作上的疑問。

總覺得，她在問的是這個社團未來打算怎麼辦。

今天來到社辦時產生的想像，忽然浮現腦海。

明年，或者半年後。

在斜陽下看書的少女。

獨自留在這間社辦的小町。

若想避免我的想像成真，最好做些什麼吸引新生的興趣。

但那不是該由我許下的願望。

這個社團、這個場所，是小町守住的。是小町將我們認為迎來終結也是無可奈何的存在延續下去。

我僅僅是受到她的好處。

同時懷抱著一抹不安，擔心那會不會成為小町的束縛。

「啊……怎麼辦呢……」

轉頭一看，小町皺眉搔著頭。

「小町還沒想過……」

她像在觀察我的反應般看了我一眼，說出跟剛才只有我們兩個時同樣的回答。

儘管她沒有明確表示贊成或反對，從那迂迴的說法來看，她顯然不太樂意。

既然小町希望暫時持保留態度，剩下的事情就由我負責吧。把事情拖到之後再處理，是我的拿手好戲。

「那個資料非交不可嗎？」

一色皺眉思考。

「形式上來說，侍奉社好歹算正式的社團，完全不提到好像也有點那個。校方大概也會檢查。」

「原來如此……」

在學校說明會上發的資料，校方不可能不檢查。做為正式社團存在，上面卻沒有侍奉社的資料，學校很可能指出這個問題，並且加以確認。

看來若不想繳交資料，得找一個合理的藉口。

畢竟侍奉社是活動內容模稜兩可的可疑社團。

要是不小心引來注意，校方可能會因此起疑。連我這個社員都覺得「侍奉社是什麼東西啦莫名其妙」了。為了避免之後惹麻煩上身，千萬不能給別人多餘的吐槽點。

那麼，該怎麼做才能巧妙地逃避面對這件事？在我絞盡腦汁之時，一色輕聲嘆息。

「不急啦，你們考慮一下。」

語畢，一色看著空位。小町的視線也重疊其上。

「好的。這件事不太方便憑小町的一己之見決定，明天小町會和雪乃姊姊跟結衣姊姊商量看看。」

小町在胸前緊握雙拳，打起幹勁。

事關侍奉社今後的經營路線，雪之下和由比濱應該也會有意見。我也有。無論是否要將心中的想法化為言語，都該給大家一個說出來的機會。

這樣的話，就是明天以後再決定結論……思及此，我忽然想到。

……明天？

「不對，明天有點不方便。我不在。」

兩人在同一時間愣住，卻往左右不同方向歪頭。

「這樣呀？」

「哥哥有什麼事嗎？」

「參觀補習班。順便試聽。」

別看我這樣，我可是考生。雖然現在這個時期去找補習班，慢了其他人非常多。我略顯得意地說道，她們一副興致缺缺的樣子，發出「是喔」和「喔」的聲音。

「喔，是嗎？那明天值班的就是雪乃學姊和結衣學姊囉……我來露個臉好了。」

「久違的女子會！」

兩人討論得很開心。

可惜，有個壞消息要通知兩位。

「啊……沒有，雪之下不會來，吧？」

我邊說邊下意識移開視線。

我沒做什麼虧心事……卻有種羞恥得要命的感覺。

大概是我的反應太詭異，小町和一色跟樂天信用卡人（註30）一樣「㖿㖿！」緊盯著我。

「啊，原來……」

小町馬上察覺到了什麼，點頭露出溫暖的笑容。一色則整張臉皺了起來，彷彿要不屑地咂舌，嘆出超大一口氣。

「哈——！出現了，拿參觀補習班當藉口約會的地雷約會行程。」

「別說它地雷……」

我不悅地反駁，卻因為那是否可以視為約會還有待商議，無法硬起來指責她。

×　×　×

世上有許多試聽課程、免費體驗之類的東西，但並非全部建立於善意上。

例如拿訂閱一個月免費當宣傳詞，仔細看過使用條款就會發現，上面光明正大寫著只有訂閱兩個月以上的時候才會算你第一個月免費，去訂閱標榜「現在免費贈

註30　樂天信用卡廣告中的角色，其中一句臺詞是「㖿㖿！」。

送」的營養品，卻一輩子都找不到解約的頁面，就這樣寄了一段時間過來，根本是意想不到的陷阱。申請的時候明明可以用網路輕鬆辦好手續，解約卻非打電話不可，這什麼道理？拜其所賜，我爸訂的鱉精和黑醋湊在一起做成的營養品多到可以吃一輩子。鱉遲早會絕種。

曾經有人說過。

免費的東西最貴。

大部分的免費服務都一定有鬼。正因為能以某種形式取得高於沉沒成本的利潤，才能提供免費服務，同時也有人在承受虧損。像鱉就被迫背負絕種的風險。

正因如此，儘管只是到補習班參觀、試聽，我也不會吝於花時間仔細閱讀招生簡章的細項。甚至看得比課本跟參考書更仔細。

根據資料所示，在當下這個少子化嚴重的時代，每間補習班好像都在採取各種措施，以招到新學生。

今天我要去參觀的補習班也是，除了平常的課程外，另外提供線上課程、函授課程與手機軟體連動，提供學習方面的協助、個別指導員等無微不至的支援系統。

我跟員工一一確認相關事項，順便問了幾個問題，耗費了不少時間。

離開補習班的時候，太陽都快下山了。

糟糕，不快點的話會害她等太久……

我們試聽的課程不同。考慮到下課後還會詢問跟補習班有關的各種問題，離開的時間不可能對得上。這樣的話，自然會約在某處會合……雖然當時的對話彷彿在試探要不要約在哪碰面，不自然到了極點。

總之，我們約在車站附近的咖啡廳。

我小跑步跑向目的地。

黃昏時分，咖啡廳會拉下百葉窗遮住夕陽，從外面看不見店內的模樣。

但我有股預感，她會在最裡面的座位看書等我。

走進店內，如我所料，我在最裡面的角落發現靜靜翻閱文庫本的雪之下。

間接照明再加上透過百葉窗照進的夕陽，使她的身影有種朦朧感，宛如一幅畫。

雪之下雪乃這名少女，光是坐在那裡看書，都美得像幅畫。

我看過類似的畫面。

可是，有個巨大的差異。

她嘴角微微揚起，以柔和的目光掃過文字。

當時令人擔憂踏入那個領域會不會毀掉這個畫面的距離感，已經不復存在。

我在櫃檯迅速點了杯咖啡，走向那個座位。

「抱歉，久等了。」

我開口呼喚她，坐在對面的雪之下立刻抬頭。

接著展露溫柔的微笑。

「不會。我也才剛到。」

雪之下邊說邊輕輕合上文庫本，收進書包。她嘴上這麼說，桌上的皇家奶茶卻已經涼掉了，量也減少許多。

她發現我在看杯子，輕咳一聲企圖掩飾過去，拿起茶杯喝了一口。

「我這邊有點拖到下課時間……你也是嗎？」

「是有準時下課啦，不過我有很多事情想確認，例如學習環境和獎學金。」

「哦……」

雪之下興味盎然地吁出一口氣，忽然輕笑出聲。這抹微笑看起來有點愉快，我卻完全想不到剛才那段對話哪裡好笑。

「幹麼？」

雪之下輕輕搖頭，臉上依然掛著愉快的微笑。

「沒什麼。只是覺得我們的對話內容很像大學生。」

「是嗎？哪裡像？」

妳對大學抱持什麼樣的印象？是不是因為身邊的範本是那個姊姊，觀念產生偏差了？那個人真的有去上學嗎？

我訝異地看著她，雪之下雙臂環胸，望向左上方思考著。

「這個嘛……雖然這只是我的想像……」

她先說了句開場白，然後像在作夢般，一字一句地說：

「下課後約在同一個地方碰面，滿有大學氛圍的。雙方上不同的課程，然後約在學校餐廳聊天……大概就是這種感覺吧。」

「噢，原來如此……」

經她這麼一說，好像確實有點那個味道。

在她的想像中，我們穿的已經不是制服，課表也不是由他人分配。

穿自己選擇的衣服，上自己選的課程，在自助餐廳度過屬於自己的自由時間。

我們會帶著八成比現在更加成熟的表情，進行肯定跟現在並無二異的對話吧。

我想看看那個畫面。

與此同時，我也認為大概不會有那一天。

「……如果我們念同一所大學，或許有可能。我覺得沒機會就是了。」

我哈哈乾笑，雪之下顯得不太高興。

「只是想像而已，又沒關係……你有時會在無謂的方面變成現實主義者。」

妳有時會在無謂的方面變成浪漫主義者……要是我這樣說，她可能會把嘴脣噘得更尖。不過無論我說不說，雪之下的嘴巴都噘在那邊，不肯看我，彷彿在鬧脾氣。

「……而且，又還不能確定。我們報考的學校有沒有重疊呀。」

她小聲地說，像在確認「對不對？」似的望向我。

雪之下要考的是國公立文系，我要考的是私立文系，路線有些許差異。

打從一開始就放棄數理科的我，不會去考國公立大學，但雪之下應該會連私立大學一起報考。有可能上同一所大學。

可惜，只是有可能而已。

我無論如何都不會去考國公立大學，雪之下也不會特地配合我的程度去挑學校吧……不會吧？假如她做到那個地步，我會有點害怕，而不是開心喔。不如說我會全力阻止她。

……可是老實說，她在自助餐廳等我的模樣還滿不錯的。我今天也有點心動。

因此，若要採用折衷方案。

「嗯……怎樣都沒差吧。就算學校不同，應該也會約時間碰面。」

我摸著下巴假裝在思考，遮住快要忍不住笑出來的臉頰。在心中抱持著「明年的事情沒人預料得到，儘管如此，我們肯定會這麼做」的願望。

雪之下看著我，似乎在判斷我的真意。不久後，噘起來的嘴巴忽然露出微笑。

「說得也是……嗯。」

她點頭的樣子比平常多了幾分稚氣，給人相當柔和的印象。

然而，她馬上露出一如往常的好勝笑容。

「前提是你不用重考。」

「可以不要直接講出我最擔心的部分嗎？」

這個玩笑真的不好笑……好吧，我爸媽的方針是「不接受重考，給我考上哪就去哪」，所以即使我想重考，恐怕也辦不到。這樣的話，我非得超認真地準備考試。嗚嗚嗚……失敗一次就再也爬不起來的日本社會好可怕……

我嚇得顫抖不已，雪之下無奈地聳肩。

「看你那副德行，虧你有臉去問獎學金。」

「因為那對我而言是重要的收入來源。」

雪之下輕輕點頭。

「你說過。」

有的補習班設有幫成績優秀的學生減免部分學費，做為獎學金的制度。只要拿到這份獎學金，學費和家人給的錢之間的差額就是我的了。小錢的鍊金術師就此誕生。

可惜升上高三後難度會瞬間提高，其他人也開始認真念書了，想拿獎學金沒那麼容易……

我苦著一張臉呻吟，雪之下擔心地問：

「你有那麼缺錢？」

她垂下眉梢，眼泛水光，彷彿隨時要拿出錢包。看她不安成這樣，我有種自己成了廢物小白臉的感覺。

嗯──意外地沒什麼不好。不對，不好。感受不好和傳出去不好。

我清了下嗓子，迅速掩飾那尷尬的感覺。

「缺錢的話我會跟爸媽借，不用擔心。最壞的情況還能去打工。如果是只有一天的超短期打工，我應該做得來。」

我隨口開了個玩笑，雪之下嘆出一口參雜放心及無奈的氣，輕輕按住太陽穴。

「工作是最壞的選擇啊……」

然後像忽然想到什麼般抬起頭來。

「……要來我家工作嗎？我想待遇會比一般的打工好。」

「哈哈哈絕對不要。」

聽說雪之下家是經營建築土木相關公司的，但就算她叫我去那邊工作，我根本不知道要做什麼。一般的勞力活嗎？不不不，那可是雪之下家。與其說不知道要做什麼，不如說不知道他們會逼我做什麼。

我不清楚他們的公司組織架構怎麼樣，反正真正的老大是雪媽吧？光這樣就足以構成職權騷擾……

而且，我實在不覺得雪爸會對我多友善。雖然我還沒見過雪爸，接近可愛女兒的男人八成屬於排斥對象。若我是雪之下的父親，我有自信會殺光膽敢接近雪之下的男生。

因此我鄭重拒絕她的提議，雪之下並未因此影響心情，手托著下巴不知道在想什麼。

「是嗎……我本來想說時機正好……」

什麼？什麼東西的時機？我有點害怕，不敢開口詢問，決定換個話題。

「我對獎學金沒抱太大的期望，所以是沒關係。問題在於學習環境。位置、設備、支援制度，其他還有很多……」

聽見我的碎碎念，陷入沉思的雪之下立刻面向我。

「你要去報別家補習班嗎？就今天的體驗來看，我認為還不錯……」

「不，我對這裡沒意見。只是想比較一下。不過說實話，講師的能力得實際上過一年課才有辦法判斷，所以要比也是比其他部分。」

雪之下歪過頭。

「其他部分，例如自習室大小或資料多寡？」

「嗯，這也包含在內……」

我邊說邊想。

自習室的大小、座位數確實很重要。打起精神要來念書，卻因為人太多的關係沒位子坐，當天就會有種提不起幹勁的感覺。如果有提供參考書、考古題出借，也能提供很大的幫助。

然而，這都是有打算乖乖去補習班才要顧慮的部分。太遠會懶得去，遊樂中心等誘惑太多的地方最好也要避開。準備大考，到頭來就是要看你能消滅幾個「不念書的藉口」。

既然如此，應該要選擇容易控制動力的位置。

從這個角度來看，優先事項自然是那個了。

「……最重要的是附近要有好吃的店家。」

古人曰，肚子餓要怎麼打仗？
美味的料理能提高幹勁。反過來說，飯難吃的話幹勁也會下降。
嗯，就是這個……我獨自下達結論，在旁邊聽的雪之下卻深深嘆息。
「補習班應該也想不到會因為那種理由被選上……」
「這話就不對了，管理幹勁是重要的要素。像暑期課程一天會排兩到三堂課，還會關在自習室念書，所以整天都得待在那不是嗎？飯當然也得在附近吃，可是吃飯除了單純補充營養外，也具有放鬆心情的意義。最好選擇有美味店家的地方。」
我努力將「好吃的餐廳是救世主（因為他們一天到晚就是煮）」這句話吞回去。因為講無聊的廢話雪之下會無言。
才剛這麼想，雪之下好像已經無言了！
「明明是歪理卻具有驚人的說服力，真令人火大……」
雪之下按著太陽穴，似乎被我搞得很頭痛，臉頰抽搐，看起來相當傻眼。但她突然揚起嘴角，既無言又無力地輕輕吁出一口氣。
「……不過，我的確沒考慮過這部分。」
「對吧？」
問題就是若要看餐廳來選，只能選在美味的拉麵店附近……再貪心一點的話，附近有桑拿更好，不過這個可能奢求太多了。這樣會分不清是去念書還是去洗三溫暖……

我許著不會實現的願望，坐在對面的雪之下點了下頭。

「那麼，接下來要去看哪家補習班？」

「咦？要去嗎？」

我反射性回問，雪之下錯愕地微微歪頭。

「不去嗎？」

「呃，要去……」

我本來就預計去其他家補習班看看……可是雪之下不需要吧？不一起也沒關係吧？沒這回事？妳不是滿喜歡今天去的這家嗎？

愈來愈小的聲音和納悶地皺起來的眉毛，應該都如實反映出了我的想法。

雪之下發現後，「啊」了一聲摀住嘴巴。她的手逐漸上移，遮住整張臉。接著默默移開視線，小聲地說：

「我以為，要報同一家。」

她用微弱的聲音斷斷續續地說，臉頰瞬間染上朱紅。不過，我完全沒打算說她什麼。我感覺到我的臉也變得非常燙。

「沒有啦，報同一家也是可以……但這種事跟喜好有關，不如說要看風格合不合妳胃口，我個人的意見啦。」

我驚慌失措地念了一長串，雪之下點頭聽著。這似乎讓她冷靜了一些。

她調整好坐姿，順便整理裙襬，用手梳理垂在肩上的頭髮，挺直背脊。

「我不是沒考慮到這一點……」

她先說了句開場白，輕輕吸氣，接著高速說道：

「要重視環境以維持動力，我認為您的意見十分中肯。因此，我也打算以環境為重。」

「您、您說得對……」

為何對我講敬語……害我也不小心用敬語回話。

「考慮到環境的話……」

前一刻講話還條理分明的雪之下，卻在這時語塞。

怎麼了？我用視線詢問，雪之下微微搖頭，嘴裡咕噥著「那個……」似乎在煩惱該如何表達，邊整理瀏海邊接著說：

「考慮到環境的話，那個，我覺得在同一家補習班上課會比較有動力……」

她露出靦腆的笑容，不停用手梳頭髮。

目擊這抹比平常更平易近人的天真微笑，我忍不住抱住頭。

真的假的，這傢伙……饒了我吧，我說真的……我在抱頭發抖耶……沒問題吧？我的理性有呼吸嗎？有喔！太好了。看來它還有呼吸。

這樣我還有去同一間補習班以外的選項可以選嗎？怎麼可能。想不到理由拒絕。硬要說的話，有件事令人擔憂，就是我完全不覺得有辦法專心念書，不過反正我一定會想「不曉得她現在在做什麼」，差別不大。不如說考慮到去同一間補習班可以省去擔心的心力，反而比較有建設性。好，辯解完畢。

我使力繃緊一不小心就會慢慢笑出來的臉頰，刻意裝出正經八百的表情，點了下頭。

「嗯，就是，我們很可能在比較過各家補習班後，決定去同一間。不如說大概會那樣做，絕對會採用那個方案。」

然而，話才剛說出口，正經八百的面具就一塊塊剝落。或許是受到剛才那段對話的影響，最後一句話變得莫名正式，雪之下也跟著恭敬地點頭，大概是被我傳染。

「是、是的……我是這樣想的……」

然後，我們都羞得目光游移。

我努力試圖維持鎮定，吹著早就涼掉的咖啡，雪之下則在書包裡摸索，以掩飾自己不知道該做什麼。

我們都沒說話，只是不時四目相交，帶著參雜淡淡苦笑的羞澀笑容跟對方點頭。

這段時間是怎樣……超難為情的……我突然好想死。

我看換個話題，強制轉換氣氛吧！於是，我喝了一大口咖啡，大腦及表情都繃得緊緊的。

「啊，對了。昨天謝謝妳們幫忙去買小町的禮物。」

我裝出突然想到的樣子，雪之下也迅速面向我，輕輕搖頭，揚起嘴角。

「不會，我們也想送她些什麼。我才要道謝。對不起，昨天把社團交給你顧。」

這次換成我輕輕搖頭。

她說把社團交給我顧，我其實也沒做什麼。沒人來諮詢也沒人來委託，只是負責看家，順便和小町跟一色閒聊。

只不過，多了一件令人掛心的事。

或許是我的想法反映在表情上了。雪之下面露疑惑。

「發生了什麼事嗎？」

「沒有……好吧，硬要說的話是有啦……」

我給予模稜兩可的回答，煩惱著該如何說明。

昨天一色提到的那件事，並沒有嚴重到要用問題來形容。只是在跟我們確認罷了。也可以說，僅僅是我從中發現問題的癥結。

因此，應該要先排除我的主觀意見，只將事實告知她。

「一色說之後要辦學校說明會。好像要準備社團介紹的資料？問我們要不要刊上去。」

我簡單說明，雪之下豎起手指抵著下巴，思考片刻。

「事關明年以後侍奉社的存續方式呢。既然是正式社團，不刊上去好像也不太好……」

她擔心的部分幾乎跟我一模一樣。

「不想招募新社員的話，要怎麼推託都可以就是了。」

下達的結論也幾乎跟我一模一樣。

這個問題要我們決定的，到頭來只有一件事。

明年以後，打算如何經營侍奉社，僅此而已。

「小町怎麼說？」

「她看起來不太有興致。」

「是嗎……」

講完這句話，雪之下便陷入沉默。

不得不沉默。跟我一樣。

我可以提供意見，卻不能下決定。不對，這個說法太卑鄙了。因為我連意見都說不出口。

如果我說希望侍奉社留著，小町一定會不顧自身的意志守護它。我害怕自己像這樣把它託付出去，因而扭曲掉。

「那間社辦比想像中還大呢。明明去年還沒有這種感覺……」

雪之下突然喃喃說道。語氣帶有一絲寂寥，彷彿在擔心小町。她經歷過獨自待在那間社辦的時間。

小町也即將度過那段時間。換成我主觀的說法，就是獨留在那間社辦。或許就是因為這樣，才會更加寂寞。

我回想起跟小町在社辦兩人獨處時想到的未來，這時，明亮的聲音打破了我的想像。

「……可是，那麼大的空間，表示容納得下許多人。」

抬頭一看，雪之下臉上帶著溫柔的微笑。我無法理解這句話，下意識歪頭，用視線回問她是什麼意思。

雪之下略顯得意地挺起平坦的胸部，露出好勝的表情。

「雖然自己講這種話很奇怪，連我當社長，那間社辦都有人進來喔？由比濱同學也加入了。小町當社長的話，客人肯定源源不絕。」

「無法反駁……尤其是『連我當社長』的部分。」

我乾笑著插嘴說道，雪之下莞爾一笑。

「對吧？其中一定也會有難能可貴的邂逅……像我們這樣。」

她開玩笑似地說，語氣卻帶有誠懇的溫度。凝視我的眼神平靜如水，彷彿在回顧這一年來的生活，補上最後那句話時略顯害羞地瞇了起來。

「是嗎……是啊。」

我終於明白了。

也許我太拘泥於「我們」這個關係。

不對，稱之為把它神聖化也不為過。

我大概在內心的某處認為侍奉社的現狀，也就是包含小町在內的現狀才叫完美無缺。

否則就不會用「獨留」來形容小町。

不知不覺間將自己周身的環境視為至高無上的存在，基於自我中心的主觀，產生了錯誤的感傷。

多麼自私，多麼傲慢，如此短視又視野狹隘。這傢伙到底有多興奮多得意忘形啊。他是白痴嗎？別說一小時了，真想未來十年都每天叫他去死。

我們的關係完美嗎？

不，絕不。

總是在某處扭曲、產生裂痕，時而斷絕，儘管如此，依然維持著微弱的聯繫，依然在繼續犯錯，並且擴展開來。我們之間的關係照理說是這樣的。

小町肯定也是如此。未來她會認識許多人，建立對小町而言無可取代的關係。明明再正常不過，我卻因為自身的感傷，連這種事都忽略了。

我該告訴小町的不是「隨妳喜歡」、「自己決定就行」這種推卸責任的話，當然也不是「我希望侍奉社留下」這種任性、心胸狹窄的願望，而是其他。

我下定決心，吐出又深又長的一口氣。有種卡在喉嚨的小魚刺終於拔出來的感覺。

「謝謝。」

我低聲道謝，雪之下撥開頭髮，對我微笑。

「不客氣。雖然我不明白你為何道謝。」

我無法判斷她是否真的不明白，不過，若她願意故作無知，我就不客氣地配合她了。

「沒有，我在說剛才的禮物。這樣就能放心慶祝了。」

「這樣呀。那真是太好了。」

雪之下露出從容的微笑，喝了口皇家奶茶。我也跟著小口啜飲早已涼掉的咖啡。

然而，平靜的時間只持續了這麼一瞬間。

雪之下的眼神開始飄來飄去。然後點點頭，似乎做好了什麼覺悟，將手伸向剛才在裡面搜來搜去的書包。

「……說到慶祝，我想起來了。」

她清了下喉嚨，像在做開場白似地說，從書包裡拿出一袋用玻璃紙包住的東西。低下頭，慎重地將它遞給我，如同在餵食獅子。

「這個……」

她的輕聲細語和雙手都有點顫抖。拜其所賜，我看不太清楚，那包東西好像是手工餅乾之類的。

我恭敬地接過，袋子裡裝著格紋、星星形狀、愛心形狀的餅乾，種類五花八門。

「與其說慶祝，不如說紀念……可是，又不是多重大的事情，準備太貴的禮物好像也不對，所以我考慮了很多……」

「哦……」

她語速超快又講了一長串話，情報量卻趨近於零耶。所以是怎樣？我知道不是要叫我試吃啦，但她怎麼一副別有深意的態度……

今天又不是生日或萬聖節或聖誕節或情人節，應該沒道理收到點心……

咦？為什麼？我盯著雪之下，她默默移開視線，用指尖撥開瀏海，斷斷續續地接著說：

「雖然有點晚了，這是，一個月的……紀念。」

語畢，她瞄了我一眼，觀察我的反應。

「原來如此。」

我立刻正經地回答，實際上卻在讓大腦全速運轉。

什麼東西？紀念什麼？我問不出口……不對，是不能問……

我聽過的紀念就只有有馬或寶塚（註31），但「一個月」這個關鍵字應該是提示才對。

我沉吟著思考，凝視雪之下，尋找答案。

註31 指賽馬的有馬紀念賽和寶塚紀念賽。

…………她害羞的模樣超級可愛。

這個感想在我想到答案的瞬間被拋到腦後，內心立刻升起一股寒意。

回顧這段大約一個月的時間，我和雪之下之間並沒有發生太多值得紀念的事，不過有件事是可以確定的。

將那件事和一個月連結在一起思考，答案便浮上檯面。

——即俗稱的「一個月紀念日」。

糟糕……

她是會認真過節的類型對吧？早說嘛～！這樣我忘了絕對會吵架嘛。逼我只能逃進柏青哥店打發時間，讓自己冷靜下來，帶著打柏青哥贏來的化妝品回去道歉嘛。

「……我什麼都沒準備。」

反正亂找藉口也一下就會被發現，於是我坦誠相告，雪之下搖搖頭。

「是我自己要準備的。」

「啊，這樣啊……呃，可是總覺得不太好……」

不是有個東西叫互惠法則嗎？這樣我會認為自己也必須認真看待這件事耶？看我不知所措，雪之下像在調侃我般笑出聲來。

「不必放在心上。我想想看，那麼，下次再請你準備吧。」

「下次……喔，嗯，下次對吧，下次……」

我碎碎念著「下次，下次……」彷彿在說夢話，猛然驚覺。

「一個月的下次是什麼時候？要在哪個時間點慶祝？」

我一頭霧水……咕狗咕得到嗎？還是說上ＩＧ搜尋跟紀念日有關的標籤更快？可是感覺會搜到把每一天都當成特別的沙拉紀念日的貼文。

在我苦思之時，雪之下也有點傷腦筋的樣子。

「不清楚……我是覺得什麼時候都可以……不過要慶祝的話，最好記的一年紀念日如何？」

「一年……」

喂喂喂我完全無法想像。就算實際說出口，仍然缺乏真實感。

一年後都高中畢業了，理應會過著全新的生活，我的大腦卻一片空白。不如說，到時我應該考上大學了吧？萬一落榜，未來的我會跑來殺掉此時此刻的我。

過於遙遠的未來令我啞口無言，雪之下好像把這陣沉默視為困惑或拒絕，連忙補充：

「太、太短了嗎？那……十、十年紀念日。」

「十……」

我在雪之下結巴一瞬間的地方跟著結巴。

呃，十年……這可是職業棒球選手都不常簽的大型契約。

說著，雪之下大概也發現自己想得太遠，馬上改口。

「真的什麼時候都可以……你別在意……」

然後遮住迅速變紅的臉頰，從指縫間露出水汪汪的眼睛。

跟她四目相交的瞬間，我也忍不住抱頭遮住臉。

真的是，我說啊……這傢伙真的假的……饒了我吧，拜託……這段回憶別說十年，幾十年我都忘不掉……還好嗎？理性還活著嗎？喂喂喂？理性？回答好嗎？

× × ×

這不是我該關心的……

我又不是社員，也知道今天跑這一趟不能解決昨天的問題。

儘管如此，看到那間寬敞的社辦只有學姊和小米兩個人，「沒辦法去坐坐好了」的心情便油然而生。

本來我就想趁學長學姊他們還在校的時候多去露臉，所以是無所謂啦。

於是，我今天也來到侍奉社社辦。

我、結衣學姊、小米。

只有我們三個的社辦跟昨天一樣，顯得有點空。

可以的話，我想趕快搞定昨天那件事，可是……我不知道你們是去補習班試聽還是跑地雷約會行程啦，暑假前我也很忙喔。我邊想邊瞪向擺在一起的兩張空椅子的其中一張。

看見那張空椅，我忍不住好奇。

「對了，結衣學姊不用去補習班試聽嗎？」

「咦？」

我一問，跟平常一樣在喝茶吃點心的結衣學姊就抖了一下，又開始大吃特吃。

「呃……」

她邊想邊吃，配茶吞下點心後，摸著丸子頭露出苦笑。

「哎唷——我是有想過要不要去啦……」

結衣學姊「啊哈哈——」笑著打馬虎眼，我附在身旁的小米耳邊說：

「這個人決定採取守勢了。」

「會不會是故意退一步的戰術……小町聽說戀愛攻防戰不是只有領放或前列，還

有居中、後追的情況。」（註32）

小米說著奇怪的專有名詞，一副博學多聞的樣子點點頭。

這傢伙在說什麼啊……我斜眼望向她，結衣學姊用力伸出手，堅決否認。

「呃，不是啦。我想說之後再問自閉男，跟他報同一間就行了。」

這次換成小米把臉湊過來，竊竊私語。

「這是在進攻吧？」

「的確……猜拳時慢出的那一方是最強的……」

……也是啦，如果有人拜託他「告訴我」、「幫幫我」或者「救救我」，那個人嘴上在抱怨，最後還是會想辦法幫忙。不愧是結衣學姊，正因為認識得久才這麼懂～我在內心佩服，結衣學姊急忙擺手解釋。

「誤會！這誤會可大了！我是因為報考的學校跟他差不多，想拿他當參考！」

「是嗎？」

「嗯。我們都是私立文系，大概大部分都一樣吧？」

註32　皆為賽馬術語。領放：一開始就領先到比賽結束。前列：緊追在領放馬的後面，最後再加速跑到最前面。居中：跑在馬群中間，最後再加速跑到最前面。後追：從最後方一口氣反超。

小米張大嘴巴歪過頭。做出回答的結衣學姊雖然在點頭，最後提到自己志願的時候卻不知為何語帶疑惑。

我也跟著歪頭思考。

「對喔。結衣學姊也要考試。」

「當然要呀!?」

不小心脫口而出的這句話，令結衣學姊激動地轉頭看著我，然後露出快要哭出來的表情。

「咦咦……伊呂波，妳是不是覺得我很笨？」

「不不不，不是那個意思。我知道結衣學姊要考試，我知道啦。只是重新認知到……」

我連忙補充說明，偷偷移開目光。不是，不是因為愧疚。我確實覺得結衣學姊的腦袋有點那個，就一點而已……

視線前方，是那兩個空位。

我大概是下意識望向那邊的，而不只是因為想逃避她的視線。

這兩天來到有人缺席的社辦，看見小米比平常更乖巧的模樣，聽人提到補習班、考大學等具體的未來，我再次體會到。

真的要離開了。

「啊，嗯……所以，到夏天為止吧。」

結衣學姊溫柔的聲音，說不定不是在回應我慌慌張張說出的理由，而是在對她慢慢環視的社辦說的。

疊在一起的桌子、隨風搖晃的窗簾、有點慢的壁鐘、放在角落的聖誕節殘骸、殘留淡淡字跡的黑板、放茶具的桌子、排在一起的空椅。

結衣學姊微微瞇起眼睛，珍惜地一一看過去。光澤亮麗的嘴脣勾起一抹淺笑。看見那成熟的微笑，我在不知不覺間吐出一口憂鬱的氣。

糟糕。我可能會哭。

她又還沒畢業也還沒退社，我卻開啟奇怪的開關。在這種莫名其妙的時機哭太可惜了，所以我大聲嘆氣，做為替代。營造出不耐煩、懶洋洋、疲憊的感覺。

「夏天啊～那可能趕不上學校說明會了～」

然後硬是改變話題。

結衣學姊納悶地歪頭，睜大眼睛問「有什麼事嗎？」。

「沒啦，之後有場辦給想考我們學校的國中生聽的說明會。會帶他們參觀學校跟介紹社團。」

「哦——」

結衣學姊不久前還帶著那麼美麗成熟的微笑，現在卻張大嘴巴點著頭。託她的福，我的淚水一秒乾掉。

順便問一下她好了。

這是非得趁現在，趁學長姊還在的時候解決的問題。否則我和這孩子會被現在束縛住，再被過去束縛住，哪裡都去不了。

我抱著胳膊思考，接著說：

「然後要做那個社團介紹的資料，我們昨天在討論要不要把侍奉社刊上去。對吧？」

我將話題丟給旁邊的人，小米和我一樣抱著胳膊思考。

「對呀——怎麼辦呢～」

她回以毫無意義的答案。好吧，我本來就沒想過事隔一天小米的答案就會改變，是沒關係。我望向結衣學姊，問她有什麼意見，她立刻回答。

「不錯呀，刊上去吧。找一堆新社員加入。」

結衣學姊乾脆地說出學長當時沒能說出口的話。

就知道結衣學姊一定會這樣說。

她是明知道學長和雪乃學姊在擔心什麼、顧慮什麼，仍會假裝成頭腦不好的樣子，將他們刻意避免提及的事說出口的人。

小米煩惱地沉吟，苦笑著打馬虎眼。

「小町倒覺得暫時不必……光照顧哥哥就夠忙了。」

「啊——嗯，自閉男呀。」

結衣學姊溫柔地配合她，露出無奈的苦笑，我卻笑不出來。

嗯，我之前就在想小米八成會這麼做。她講得像在開玩笑一樣，實際上大概是認真的。她現在真的在為學長的各種事情操心，沒空考慮招募新社員。

因此，小米想珍惜的大概不是侍奉社本身，而是這個侍奉社。這孩子想守護的，只是學長姊他們所在的場所及時間。跟我瞬間想到的「假如侍奉社要廢社，能不能改成在學生會呀」這個念頭有點類似。

……不對，我並不知道小米真正的想法。

我只懂我自己。所以，只能以我為基準來想像。

至少我以前是這麼認為的。不希望包含我在內的異類加入那裡。現在則完全不會有那種想法，不如說覺得不關我的事。

結衣學姊輕聲說出的一句話，卻使我不小心做出反應。

「嗯——不過，之後總會有其他人加入吧……」

「咦，是嗎？」

「誰呀？」

「咦，呃，對不起我不知道，只是說說看而已。」

我和小米馬上回問，結衣學姊迅速道歉，感覺有點嚇到。什麼嘛結果是亂講的～！害我反應那麼激動……我悶悶不樂地望向結衣學姊。她拍了下手，幫自己說話。

「啊，可是未來沒人說得準嘛？不只新生，說不定會有目前的在校生加入呀。像我就是高二的這個時期加入的。自閉男也差不多。」

「說得也是……」

小米表示贊同，但我不清楚以前的事，感想只有「哦——這樣啊」。我從來沒聽過。我去侍奉社的時候，成員就是這三個人了，所以我以為一直都是如此。

「對吧對吧。」

結衣學姊用力點頭，露出無憂無慮的笑容。

「所以我才想說大概會是這樣……跟我們一樣。」

她說得輕描淡寫，不過。

「不不不，用你們來舉例，說實話太高難度了。」
「小町也有點沒自信……」
我面色凝重地在胸前擺手，小米苦笑著垂下肩膀。
「咦咦……我還覺得自己說了句很棒的話……」
結衣學姊不解地歪著頭。這還用說嗎？
像你們那樣難搞得要命、複雜得要命、滿是錯誤的關係，哪能輕易建立。不如說並不想。我再怎麼刻意兜圈子，都會巧妙地構築比學長姊他們更正常的關係。
不過，大概會在哪裡搞錯吧。
總有一天，我和這孩子說不定也會獲得那種關係。
我瞄向旁邊，不小心和她對上目光。
我們聳聳肩，嘆了口氣，輕笑出聲。

×　×　×

隔天放學後。
包含我在內的侍奉社成員全員到齊，社辦瀰漫和諧的氣氛。

帶有初夏氣息的薰風從打開來的窗戶吹進，捎來放學後的旋律。

短短幾天應該不會有太大的差別才對，管樂隊的音色和慢跑的呼聲卻變整齊了一些，不曉得是不是錯覺。

儘管步調不快，日常無時無刻都在變化。

侍奉社社辦也不例外。

座位之間的距離、裙子的長度、對話次數、翻閱書頁的速度。換算成數值僅僅是微不足道的差異，就算這樣，依然在改變著。

當然，無法以數值呈現的事情也在逐漸改變。

正在哼歌滑手機的小町表情的亮度，就是最明顯的例子。不知道是不是我多心，在我這個哥哥眼中，她的表情變得比前天清爽許多。然而，那個亮度不管用勒克斯、燭光還是流明，大概都無法表示。

只是我隱約有種感覺罷了。

我試圖回想是不是從昨晚開始就是這樣，可惜昨天我的理性死過一次，所以有點沒印象。但我不記得有看到她無精打采的模樣，推測是昨天放學後發生了什麼。

可是要說變化的話，現在這間社辦變化最大的是雪之下。

平常理應已經泡好紅茶的雪之下，今天卻什麼都還沒準備。

因為她一直在偷看小町，然後將視線移到由比濱身上，一下點頭一下搖頭。

她在找時機送小町驚喜禮物。

我懂她的心情。懂歸懂，希望她冷靜點。那可疑的舉止導致一色一臉詫異，緊盯著雪之下看。她是不是不擅長給人驚喜？

一色彷彿隨時會問出「那個——請問妳在幹麼？」就在這時，由比濱終於點頭，下達許可。雪之下露出得意的笑容表示「交給我吧」，撥開垂在肩上的頭髮。

接著默默起身，著手準備泡茶。由比濱迅速連同椅子面向小町。

「小町，妳換髮夾啦？我好像第一次看到那個髮夾。」

她和小町搭話，吸引小町的注意力。

「哦？是嗎？」

「讓我看看讓我看看。可以順便玩妳的瀏海嗎？」

「請便請便。」

由比濱招招手，小町就如同一隻用頭撞人的貓，將頭湊過去。等我發現時，由比濱已經用精湛的手法遮住小町的視線。

哦，挺厲害的嘛……

在我佩服的期間，雪之下俐落地準備茶具。

不久後，等熱水燒開，她以優美的動作靜靜泡起紅茶。熟悉的香味擴散開來，冒出些微的蒸氣。

她將茶杯、馬克杯、紙杯、茶杯放到桌上，悄悄把一個漂亮的小盒子放在旁邊。看見她細心打開盒子，一色喃喃說道「原來如此」，瞥了貓化的小町一眼。

「一色……」

聽見我的輕聲呼喚，一色瞄向我。我微微點頭，表示「嗯嗯就是妳想的那樣」，豎起食指抵在嘴角。

這個動作似乎讓她明白了一切，一色沒有出聲，慢慢點頭。然後將垂下來的頭髮撥到耳後，豎起纖細的手指按在水嫩的雙唇上，閉上一隻眼睛。嗯，好，點頭我就懂了沒必要做這麼多……

在我心跳加速的期間，雪之下泡完茶了，為每個人的茶杯倒滿紅茶。

「請用。」

「喔，謝謝。」

她將茶杯放到我前面，一色則是紙杯，然後是由比濱的馬克杯。紅茶依序送到大家面前，小町是最後一個。

「小町，請用。」

雪之下一開口，由比濱就立刻從小町前面讓開，讓小町恢復自由。

「啊，謝咦，嗯？咦！喔？嗯嗯？」

小町看了兩、三次放在眼前的紅茶，驚呼出聲。

「那個，這是……」

她困惑地指向以白色及粉綠色為底，野草莓圖案的馬克杯。

小町的手在空中游移，似乎在煩惱可不可以碰那個杯子，雪之下點頭回應。

「雖然有點遲了，這是妳就任侍奉社社長的禮物。」

「還有妳重建侍奉社的謝禮。謝謝妳。」

由比濱露出有點羞澀的微笑，小町輪流看著兩人的臉，發出分不清是感嘆還是躊躇的嘆息。

「小、小町可以收下嗎？」

「當然。社長一直用紙杯怎麼行呢？」

「嗯，就當成社員的證明？吧。」

在兩人的催促下，小町終於輕輕觸碰馬克杯，彷彿要確認掌心感覺到的熱度，接著謹慎又珍惜地用雙手握住。

「謝謝……」

她低頭道謝，遲遲不把臉抬起來，只聽得見細微的抽泣聲。

雪之下和由比濱見狀，互相對視，紛紛露出溫柔的微笑。一色撐著頰點頭，目光同樣柔和。

我挺直背脊，重新面向小町。

「小町。」

我盡可能用平靜的語氣呼喚她，小町緩慢抬頭，用手背擦拭眼角。她的眼睛泛著淚光，卻筆直注視著我。

我有很多想跟小町說的話、想傳達給她的事。

祝賀、感謝、謝罪，以及其他。

還有社團的交接事項和各種注意事項。不安跟擔憂、掛心的事、想先交代給她的事，不勝枚舉。

畢竟經營侍奉社說實話滿麻煩的，大部分都是難搞的人拿難搞的案件來委託，是個難搞的社團。我們畢業後，小町搞不好會很辛苦。搞不好也會有寂寞的時候。或許也會有想離開的時候。可以的話，我希望她度過只有開心回憶的時間，但肯定不會那麼順利。

然而，包含好事壞事不好的回憶難受的回憶痛苦的回憶悔恨的回憶悲傷的回憶在內，通通是侍奉社。

即使剛開始覺得「什麼奇怪的社團啊」，不知不覺間就會變得離不開它的感覺。

心裡想著「誰有辦法跟這種人待在同一個社團」，卻會不受控制地受到吸引的感情。

其他人不可能知道，唯有自己一人體會過的感傷。

無論選什麼樣的社團、跟什麼樣的朋友度過，肯定都能在某處嘗到相同的滋味，但不好意思，我只待過這裡，沒有其他表達方式。

所以至少希望妳用那雙手，將它們通通接觸過。

反正一言無法概括，我也不覺得有辦法用言語表達清楚，而且在大家面前太害羞，我開不了口。

我揚起嘴角，故作正經地端正坐姿，裝作在搞笑，將挺直的背脊傾斜四十五度。

「比企谷社長。麻煩您了。」

小町呆呆看著我滑稽地一鞠躬，吸了下鼻子，笑出聲來。

「嗯！儘管放心！」

她挺起平坦的胸膛，正襟危坐，使出渾身解數擺出高傲的態度。

由比濱看著她，溫柔地點頭，雪之下則滿意地吁出一口氣。撐著臉頰的一色露出無奈的笑容。

「啊，對了。說到禮物。」

我看了一色一眼，開啟話題。以此為信號，由比濱在書包裡摸索，拿出包得漂漂亮亮的盒子。

「伊呂波也有禮物。謝謝妳。」

「喔、喔……謝謝……不對，不客氣？」

她不知道該如何回答，收下由比濱遞出的盒子。

「……可以現在打開嗎？」

「請便。」

在雪之下的催促下，一色完整地拆開包裝，打開蓋子。看見裡面的東西，小聲驚呼。

「什麼？」

她的表情充滿震驚，拿出盒子的內容物，放在桌上仔細觀察。她的視線前方，是以白色及粉紅色為底，野草莓圖案的馬克杯。用不著跟小町的杯子放在一起，也能一眼看出是同款式的異色版。

「咦，那個，我不是社員耶……這樣好嗎？」

一色帶著害羞的笑容困惑地問，由比濱喃喃說道：

「原來不是呀……」

「對呀，其實並不是。不知為何卻常常來。」

小町在由比濱耳邊竊竊私語，旁邊的雪之下無言地嘆氣，聳了下肩膀。

「哎，都過這麼久了。而且，只有一個人使用紙杯太浪費了。」

喔，我好像聽過這句話。喂～跟學生會長大人這樣說話太不敬囉☆講這種話八成會被罵死，所以我決定閉上嘴巴。

取而代之的是向一色點頭致意。

「嗯，有什麼事就拜託妳了。」

一色聽了眨眨眼睛，不久後得意地挺起不平坦的胸膛，模仿剛才的小町。

「好的，交給我吧……怎麼有點隨便？不覺得學長拜託我的態度跟拜託小米比起來有點隨便嗎？」

講到一半，她猛然驚覺，氣呼呼地逼問我。

不，一點都不隨便。我反而常被人說是容易給人壓力的男人——在我打算胡扯一通應付她的時候，小町從一色旁邊探出頭，扯她的袖子。

「伊呂波學姊，伊呂波學姊。」

「嗯？什麼事？」

一色不耐煩地回答，小町拍拍西裝外套，撫平裙子的皺褶，雙手放在大腿上一鞠躬。

「小町知道可能會給您添許多麻煩，不過今後也請您多多關照。」

「喔，嗯，我才要請妳多多關照。」

忽然有人恭敬地向自己行禮，導致一色不知所措。小町看準她不知所措的時機，笑著提出突如其來的要求。

「還有，那件事也請妳幫忙好好處理了！小町現在覺得刊上去也沒關係☆」

「好輕浮……好隨便……咦，我煩惱得有點認真耶……」

小町「嘿嘿嘿☆」用輕浮得要命的態度說，一色露出快死掉的表情。小町氣勢洶洶，雙手握拳，堅定地斷言。

「就是因為伊呂波學姊在認真為這件事煩惱呀。啊，小町是真心的。」

「啊，是喔……隨便啦……學長，這孩子道德觀果然崩壞了。」

一色狂拉我的袖子強烈抗議。我輕輕掙脫那隻手，姑且為妹妹護航。

「沒有啦，像這樣順著當下的氣氛隨便亂說話，是小町掩飾害羞的方式……」

雪之下興致勃勃地點頭，手托著下巴。

「這種地方跟比企谷同學很像呢。」

「可是自閉男的不可愛……」

由比濱苦笑著，略顯反感地咕噥道，一色嗤之以鼻。

「小米的也不可愛啊。」

「嗚。啊，不過在這邊生氣會有種小町覺得自己很可愛的感覺，小町覺得分數挺低的……」

「這人到底在說什麼……」

就這樣，小町和一色又開始嬉鬧，我們則展現前輩的寬廣胸襟，看著這溫馨的畫面。嗯，感情好是一樁美事……

雪之下突然掃了大家的杯子一眼，默默起身。由比濱見狀，將手伸進書包裡摸索，補充新的茶點。我跟平常一樣繼續翻閱看到一半的文庫本。

「啊，小町也來幫忙泡紅茶！」

「是嗎？那我們一起泡吧。」

聽見這段對話，我不經意地轉頭環視社辦。

西斜的陽光愈來愈紅，於短暫的時間內，在這間社辦製造出溫暖的向陽處。

由比濱一口咬下點心，一色疲憊地趴在桌上，雪之下詳細指導小町紅茶的泡法，小町有點被她的熱情嚇到。

桌上放著熟悉的茶杯和狗圖案的馬克杯。手邊是我自己的茶杯，以及兩個還是新品的同款馬克杯。

總有一天，杯子的數量會改變，形狀會改變，連這間社辦的景色都會逐漸改變。半年後的情景我還能想像，一年後就不得而知了。兩年後、三年後，或者更久以後的十年後，我們曾經待在這裡的痕跡，應該會一個都不留。

不過——

就在這時，馥郁的芳香瀰漫室內。

我望向香氣的泉源，看見小町在雪之下的監督下泡紅茶。

雪之下雙臂環胸，瞇起眼睛，仔細觀察小町的一舉一動。小町有點畏懼她的視線，儘管如此，依然以細心的動作緩緩沖泡紅茶。

將來，這幅光景也會消失，這間社辦的一切都會產生變化吧。

可是，儘管如此，我可以確定。

這間社辦的紅茶香氣，肯定不會改變。

完

首次刊載

〈無論何時，比企谷小町都想要一個嫂子。〉

〈即使如此，比企谷小町仍然不放棄擁有一個嫂子。〉
　　動畫《果然我的青春戀愛喜劇搞錯了。》
　　Blu-ray BOX Encore Press 特典

〈於是，祭典結束，新的祭典揭開序幕。〉
　　改寫自活動「果青 Fes.　FINAL」朗讀劇腳本

〈一色伊呂波若無其事、不著痕跡地擴展出未來的道路。〉
　　伊・呂・波・水　#所以我會選擇伊呂波水
　　合作短篇小說

〈然而，她們一定也會繼續犯錯。〉
　　新作短篇

後記

各位好，我是渡航。今天我也在東京神田一橋神保町的小學館五樓寫這篇後記。
突然問個問題，不知道各位有沒有發現。
今年二〇二一年三月，《果然我的青春戀愛喜劇搞錯了。》第一集發售滿十年了。
是十週年喔！十週年！

難得的十週年，我本來想在這篇後記裡寫一下這十年來的回憶、雜事、業界祕辛、無異於告發的爆料、講點自己的事情刷優越感，然而一寫下去一輩子都寫不完，所以還是算了。自己的事情絕對會在其他地方又講一遍。可是，傷腦筋，講自己的事刷優越感這招遭到封印的話，我就沒東西可寫了……總之還是先寫些什麼吧。

十年聽起來很久，不過就拚命生存的那一方來看，完全沒有度過這麼長一段時間的真實感，甚至還處於自以為二十出頭的中二大叔狀態，但我其實老了許多，親身體會到歲月不饒人。心臟容易跳超快，還一下就會喘不過氣。

真的是不知不覺十年就過去了，不過假如我一開始就決定「我要努力十年」，絕對撐不下去。眼前有不得不做的工作，所以會去做。做完那件工作後，不遠處又有下一件工作，便走到那邊繼續做下去。接著又在不遠處發現工作，如此反覆之下，回過神時已經走到這麼遠的地方——像這種感覺。

再說，如果處於無時無刻都塞滿行程，未來兩年都有工作要做的狀態，光忙現在的事就忙不過來了，哪有空思考未來。類似「昨天的截稿日比明天更重要」的感覺。昨天的截稿日都過了……

即使如此，做完一件工作，事情告一段落，迎接一個轉捩點的時候。

在能夠喘口氣的短短一瞬間。我有時會忽然想到未來。

一年後，嗯，應該在工作。兩年後大概也在工作。十年後……不知道。我會苦笑著自言自語，然後繼續面對眼前的工作。

他和她和她，以及她和她，或許也會是同樣的感覺。可以的話，希望能在某處窺見他們和她們未來的模樣。一年後、兩年後、十年後……會是什麼樣子呢？

如此這般《果然我的青春戀愛喜劇搞錯了。》十四點五集在此結束。

這本久違的短篇集包含了類似後日談的新作，各位覺得如何呢？

同樣感覺的後日談般的故事，我在短篇小說集《果然我的青春戀愛喜劇搞錯了。雪乃 side》、《果然我的青春戀愛喜劇搞錯了。ONPARADE》、《果然我的青春戀愛喜劇搞錯了。結衣 side》、《果然我的青春戀愛喜劇搞錯了。ALLSTARS》裡面還寫了其他篇。大家一定會去看對吧！

另外，還有打著「果青完結後的完全新作正統續集」這個超唬爛頭銜的後續故事《果然我的青春戀愛喜劇搞錯了。──新──》，這是TV動畫《果然我的青春戀愛喜劇搞錯了。完》的BD&DVD特典，同樣請各位多多關照！

接著是跟這本十四點五集同時發售的《果然我的青春戀愛喜劇搞錯了。》ponkan⑧ ART WORKS，俗稱ponkan⑧神的畫冊！希望各位務必連這本畫冊一起購買，共同回顧果青十年來的歷史！還有收錄我跟ponkan⑧神的訪談喔！請多關照！

還有，這件事我只在這裡說，名為《果然我的青春戀愛喜劇搞錯了。結》的新企劃也正在進行。詳情還沒有任何人知道，希望各位等待後續的消息。好想快點說，好想快點說果青結常有的事。

總而言之，果青的世界還會繼續擴展開來，希望大家能再陪它走一段路。

以下是謝詞。

ponkan⑧神。神～！您一直都很神。這次畫冊也在同時出版，真是辛苦您了。我重新感受到十年這段漫長時間的重量及積累。仔細回想起來，我們共事了很長一段時間，未來也請多多指教。謝謝您。

責編星野大人。看！這次果然也輕鬆搞定了吧！呵哈哈！雖然不知道接下來的計畫，絕對沒問題啦！呵哈哈！辛苦了，謝謝您。呵哈哈！

跨媒體平臺的所有工作人員。包含動畫「果青完」在內，我受到許多媒體的關照。這部作品能走過十年這麼漫長的時間，也是拜各位的努力所賜。真的十分感謝。接下來要繼續請各位多加關照了。

以及各位讀者。我之所以又有機會撰寫他們她們的故事，是因為有許多的聲援。不只這一次，十年來我都是在各位的支持下，好不容易走到這一步。感激不盡。若各位未來也能繼續支持我，我會非常高興。因為有你，才有果青的存在！

那麼，這次就寫到這邊。下次也在果青的其他作品中見面吧！

三月某日　喝著ＭＡＸ咖啡為下一個十年養精蓄銳

渡航

浮文字

果然我的青春戀愛喜劇搞錯了（14.5）

（原名：やはり俺の青春ラブコメはまちがっている。14.5）

作者／渡航　封面插畫／ponkan⑧　譯者／Runoka
榮譽發行人／黃鎮隆　總經理／陳君平
經理／洪琇菁　國際版權／黃令歡
執行編輯／呂尚燁　美術編輯／陳聖義
企劃宣傳／楊玉如、洪國瑋
出版／城邦文化事業股份有限公司　尖端出版
台北市中山區民生東路二段一四一號十樓
電話：（〇二）二五〇〇七六〇〇　傳真：（〇二）二五〇〇二六八三
E-mail：7novels@mail2.spp.com.tw
發行／英屬蓋曼群島商家庭傳媒股份有限公司城邦分公司　尖端出版
台北市中山區民生東路二段一四一號十樓
電話：（〇二）二五〇〇—七六〇〇（代表號）
傳真：（〇二）二五〇〇—一九七九
中彰投以北經銷／楨彥有限公司
電話：（〇二）八九一九—三三六九
傳真：（〇二）八九一四—五五二四
雲嘉經銷／智豐圖書股份有限公司　嘉義公司
電話：（〇五）二三三—三八五二
傳真：（〇五）二三三—三八六三
南部經銷／智豐圖書股份有限公司　高雄公司
電話：（〇七）三七三—〇〇七九
傳真：（〇七）三七三—〇〇八七
一代匯集／香港九龍旺角塘尾道六十四號龍駒企業大廈十樓B&D室
電話：（八五二）二七八三—八一〇二
傳真：（八五二）二七八二—一五二九
馬新總經銷／城邦（馬新）出版集團　Cite(M)Sdn.Bhd.
E-mail：Cite@cite.com.my
法律顧問／王子文律師　元禾法律事務所
台北市羅斯福路三段三十七號十五樓
二〇二一年八月一版一刷

國家圖書館出版品預行編目資料

果然我的青春戀愛喜劇搞錯了14.5 /
渡航 著 ; Runoka譯 . --初版.
--臺北市：尖端出版，2021.08　面 ; 公分.
--(浮文字)
譯自：やはり俺の青春ラブコメはまちがっている。14.5
ISBN 978-626-308-971-6(平裝)

861.57　110010433